VALERIA PARRELLA

LIEBE WIRD ÜBERSCHÄTZT

(und andere menschliche Geschichten)

Erzählungen

Aus dem Italienischen
von Annette Kopetzki

Carl Hanser Verlag

Die italienische Originalausgabe erschien 2015 unter dem Titel
Troppa importanza all'amore (e altre storie umane) bei Giulio Einaudi in Turin.

Das Motto zu »99/99/9999« auf S. 115 wird zitiert nach Elias Canetti: Werke, Bd. 6:
Die Stimmen von Marrakesch – Das Gewissen der Worte, Carl Hanser Verlag
München/Wien 1995; das Motto zu »Das letzte Leben« auf S. 127 nach Jorge Luis
Borges: Gesammelte Werke; Band 3/II: Erzählungen. 1949–1970, nach den
Übersetzungen v. Karl Horst u. Curt Meyer-Clason, Carl Hanser Verlag
München/Wien 1981.

1 2 3 4 5   21 20 19 18 17

ISBN 978-3-446-25650-7
© 2015 Valeria Parrella
Published by arrangement with Agenzia Letteraria Santachiara
© 2015 Giulio Einaudi editore s.p.a., Torino
Alle Rechte der deutschen Ausgabe
© Carl Hanser Verlag München 2017
Satz im Verlag
Druck und Bindung: Friedrich Pustet, Regensburg
Printed in Germany

LIEBE WIRD ÜBERSCHÄTZT

(und andere menschliche Geschichten)

LIEBE WIRD ÜBERSCHÄTZT

Der Zug fuhr auf die Minute pünktlich ab, es war noch einer dieser Züge, die Lärm machen: Man hörte Waggontüren schlagen, Gelächter, Klopfen an Fensterscheiben, das Schnauben der Bremsen und den Pfiff des Zugführers. Ein echter Zug, mit Fenstern, die man herunterlassen konnte, fürs Händeschütteln oder um das Kinn darauf zu stützen und zuzusehen, wie die Stadt zurückbleibt. Genauso stand das Mädchen da, und ihre Mutter dachte, dass sie zu viel Fahrtwind abbekommen würde, wenn der Zug beschleunigte, aber sie unterdrückte eine Bemerkung, aus zwei Gründen: Susanna hatte nur noch ein Jahr bis zum Abitur am humanistischen Gymnasium, und dies war vielleicht die letzte Reise, die sie alle drei zusammen machen würden, und außerdem hatte ihr Mann oft gesagt, sie solle das Mädchen nicht gängeln, sie in Ruhe erwachsen werden lassen. Ihr Mann war Arzt, und wie alle Ärzte sorgte er sich nicht um die Gesundheit der Menschen, die er liebte. Vor allem aber sagte Federica nichts, weil dies ein Urlaub war, auch ihr Urlaub, ja, vor allem ihrer, denn nach der Rückkehr würde sie ihre Arbeit bei der Zeitung gleich wiederaufnehmen müssen. Und sie sagte sich, dass dieser Urlaub sofort beginnen müsse, indem sie sich an der Schulter ihres Mannes entspannte. Das Fahren konnte sie dem Zug überlassen. Sie hatte das ihre getan, der Zug bewegte sich von allein, sie musste nichts mehr tun. Susanna, die abgelenkt, aber hier bei ihnen war, Giorgio, der seine endlos langen Beine so weit wie möglich im Abteil ausstreckte, eine Hand auf ihrem Oberschenkel, der Hügel von Poggioreale, der langsam in der Nacht verschwand, und alle Züge fahren in dieselbe Richtung ab, auch wenn sie entgegengesetzte Ziele haben …

Sie wachte wieder auf, als der Zug vor Latina langsamer wurde. In der Ferne bildete der Golf von Formia einen Halbmond, der am Felsen, im Meer endete, dort, wo der Leuchtturm blinkte.

»Der Zugführer ist schon gekommen, um die Plätze in den Liegewagen zu verteilen.«

»Susanna?«

»Im Bordbistro.«

»Hat sie immer noch Hunger? Sie wird zunehmen.«

»Sie will Kaffee, hat beschlossen, nicht zu schlafen. Sie ist richtig romantisch drauf. Ist sie wieder verliebt?«

»Keine Ahnung«, sagte sie, denn schon seit vier Jahren vertraute sie ihrem Mann nicht mehr an, was sie von dem Mädchen erfuhr. Er machte sie nervös.

Er hörte ihr zu, wanderte dabei pausenlos in der Küche hin und her, und am Ende trug er ihr auf, was sie dem Mädchen sagen sollte. Etwas, worüber sie anders dachte, oder etwas, was sie ihrer Tochter niemals hätte mitteilen können. Er konnte Susanna diese Dinge nicht persönlich sagen, denn sie vertraute sich nur ihrer Mutter an. Trotzdem fing Giorgio immer irgendeinen Teil davon auf: nicht alles, nicht viel, aber eine Nuance doch, also sagte er:

»Hauptsache, sie bindet sich nicht, sie ist noch so jung und muss fürs Abitur lernen.«

Doch Federica war im Urlaub und erwiderte nichts. Sie lächelte.

Hinter Rom hielt der Zug nicht mehr bis Wien, der Zugführer hatte die Personalausweise schon eingesammelt, damit die Reisenden, sollte es Kontrollen beim Grenzübertritt geben, in Ruhe schlafen konnten.

Susanna wollte wirklich wach bleiben, sie hatte sich die Stöpsel ihres Kopfhörers in die Ohren gesteckt und sich auf einen Klappsitz draußen vor der Tür des Liegewagenabteils gesetzt. Giorgio hatte Federica eine Tavor mit einem Glas Wasser gegeben, dann hatte er selbst eine genommen. Das taten sie immer am Beginn einer Reise, aber nicht nur dann. Doch am Beginn einer Reise taten sie es gemeinsam, sie konnten es sich sagen, es hatte keine Bedeutung, bloß: *Wie soll man bei dem Geratter denn sonst ein paar Stunden schlafen? Oder zusammengepfercht in der Economyclass auf einem Interkontinentalflug? Oder im Schlafsack auf einem Schiffsdeck?* Auf Reisen machte die Unbequemlichkeit, die von außen kam, sie zu Komplizen.

Federica lehnte das Kissen an die Wand, den Rücken ans Kissen und klappte, leicht vorgebeugt und flink, wie jemand, der voller Vorfreude einen schönen Moment erwartet, ihren Laptop auf, und während sie hörte, wie Giorgios Atem schwer und rhythmisch wurde, stimmte die Tavor, die sich schon in ihren Adern ausbreitete und ihr Gehirn begrüßte, sie wohlwollend empfänglich für die Welt und für ihr eigenes Leben: Wie eine Belohnung konnte sie sich endlich das Foto des kleinen Simone im Arm seines Großvaters ansehen. Dreieinhalb Kilo hatte er bei der Geburt gewogen, dann war er direkt ins Zimmer zur Mutter gebracht worden, in den Krankenhäusern war das jetzt so üblich, darum hatte der Großvater sie alle sofort umarmen können: den Sohn, die Schwiegertochter und seinen ersten Enkel, der den eigenen Namen trug. *Simone, Simone, Simone.*

»Herrlich, diese Persönlichkeitsspaltung, Liebling, welch vollkommenes Glück, welch perverse Vorstellung: über fünfzig Jahre nach meiner eigenen Geburt durch meinen Sohn wieder in mich selbst zurückzukehren«, das hatte er ihr geschrieben, als er ihr das Foto mit seiner Trophäe im Arm geschickt hatte.

Federica zoomte in das Bild hinein, bis es auf dem Ohr des Kindes körnig wurde, dann scrollte sie nach unten, zum Daumen des Großvaters, der den Kopf des Kindes hielt. Sie streichelte ihn lange. Großvater. Ein sehr attraktiver Großvater, so jung, ihr Geliebter, aber schon Großvater. Wie zärtlich stimmte sie diese vertraute Hand, die sie drückte, ihr den Slip herunterzog, sie anrief und jetzt, nach vielen Jahren, wieder den Kopf eines Neugeborenen hielt. Sie hatten immer gesagt, dass Federica zuerst Großmutter werden würde, weil sie eine Tochter hatte.

»Hör auf mit dem Blödsinn.«

»Du wirst eine supersexy Großmutter sein.«

»Die *Großmutter* kannst du dir sonst wohin stecken.«

Streiten war etwas, das sie besonders gut konnten. Sie stritten unweigerlich: Manchmal schafften sie es einen ganzen Monat lang nicht, sich zu sehen, als er noch die Mannschaft trainierte, war das oft vorgekommen. Und er kehrte womöglich genau dann ins Hotel zurück, wenn sie nicht mehr ans Telefon gehen konnte. Damals stritten sie wild, solange sie sich nicht sahen. Sie sagten einander schreckliche Dinge, kritisierten den Lebensstil und die Feigheit des anderen, nichts an der Situation zu ändern.

Sodass das Lieben dann verzweifelt war. Er litt noch stärker, weil er eine andere Beziehung zu seinem Körper hatte – immer durchtrainiert, immer sonnengebräunt, mal steht er unter Spannung, mal nicht, je nachdem, was sein Wille befahl. Wenn er mit seiner Frau schlief, hatte er sich mehr als einmal gefragt, warum. Federica nicht, sie konnte es mit Giorgio tun und dabei Giorgio begehren, oder mit Giorgio und dabei Simone begehren. Mit Simone begehrte sie nichts, denn dann fielen Wünschen und Sein zusammen. Und wer einfach nur ist und mit sich im Reinen, denkt an gar nichts.

Kurz nachdem sie sich kennengelernt hatten, bei der Olympiade in Sydney, waren sie krank geworden. Denn das war es, eine leichte Krankheit der Seele, die ihre Körper mal sichtbar, mal im Verborgenen beherrschte. Sie hatten das oft besprochen und gehofft, daran zu sterben oder davon geheilt zu werden, und unterdessen litten sie.

Federica, die Sportreporterin war, hatte sich in Simone verguckt, als er noch nicht mal wusste, wie sie überhaupt aussah. Sie dagegen wusste über ihn genau Bescheid: Sie hatte sich in ihn verliebt, weil er Linkshänder war, überzeugt, dass Linkshänder einander sofort erkennen.

»Aber ich schreibe mit rechts.«

»Willst du dich so aus der Affäre ziehen?«

»Schön wär's. In der Vorschule hat uns die Lehrerin die Hand hinterm Rücken festgebunden.«

»Blödsinn, das klingt ja wie eine Geschichte aus dem 19. Jahrhundert. Wir sind gleich alt.«

»Doch, wirklich. Hand hinter dem Rücken. Ich schreibe

mit rechts. Außerdem sind wir nicht gleich alt, du bist ein junger Hüpfer.« Das hatte er gesagt, obwohl sie Altersgenossen waren. Aber es stimmte: Sofort hatte eine Schönheit sie umhüllt, die sie längst vergessen hatte.

Simone schrieb mit rechts, er zeigte es ihr, als er ihre Telefonnummer auf den Notizblock kritzelte. Wenn er aber mit dem Säbel focht, täuschte er alle, er zwang seine Gegner, ihre Stellung aufzugeben, und dann verloren sie das Gleichgewicht.

Mit dem linken Arm, stellte sie sich vor, hatte er sie nach dem Interview im Lift des Hotels an sich gedrückt. Mit demselben Arm tat er es an einem anderen Tag, auf einem anderen Kontinent, in einem anderen Hotel.

Auch Federica war Linkshänderin und spürte die gleiche Desorientierung, die gleiche leicht verzerrte Wirklichkeit, die still unter der Norm hindurchschlüpfte. Die Knopflöcher ihrer Blusen wussten es, die Löcher in ihrem Gürtel.

»Ich muss dich aufknöpfen und du mich, dann funktioniert es, wollen wir es ausprobieren?«

Federica hatte sich eingeredet, dass ihr Denken die Wirklichkeit beherrschte, dass Ersteres zu perfektionieren, Einfluss auf Letztere haben würde. Aber so war es nicht: Ihre Beziehung gestaltete sich mühsam, sie lebten in verschiedenen Städten, in verschiedenen Leben. Sie machten Liebe, und erst mit der Zeit bedeutete Liebe machen auch, sich zu lieben, so dass das Gefühl die Entfernung abmildern konnte, auch über die feste Gewohnheit verabredeter Zeiten hinaus.

In jenen ersten Jahren, als sie jeden Tag dachte, es würde keinen einzigen Tag länger dauern, schien ihr auch, als würden alle Ereignisse des Lebens sie und Simone betreffen. Der kleinen Susanna, die heranwuchs (doch wann und wie war sie so groß geworden und so unabhängig?), las sie ein Märchen nach dem anderen vor. Und jedes handelte auf irgendeine Weise vom Weggehen oder Bleiben, davon, einer Versuchung nachzugeben oder ihr zu widerstehen. Sie las Susanna von der Ameise vor, die sich in das Eichhörnchen verliebt hatte, und das Mädchen schlief ein, während sie selbst danach keinen Schlaf mehr fand. Draußen ging die Welt weiter, ohne sich je um sie, um sie beide Gedanken zu machen. Doch drinnen gab es ein anderes Leben. Das dieser vierzehn Jahre, das sich immer gleichblieb, sich nicht veränderte, nicht wuchs. Nichts, es war einfach da. Wenn Federica in der Haut dieses Lebens steckte, hatte sie keine Schuldgefühle und schämte sich für nichts, alle Pflichten, die unerbittlich auf ihr lasteten, wurden zu Flügeln. Das war es, nichts anderes. Sie konnte Samstagnachmittag in einem Zimmer sitzen, während Giorgio Dienst im Krankenhaus hatte, und Simone rief unerwartet an. Dann verbrachten sie eine halbe Stunde am Telefon, das Mädchen sah im Nebenzimmer fern, sie redete von Sex, dann von Büchern, er redete von Sex, dann vom Training. Und es war wie eine Vorahnung, wenn er dann sagte »Du fehlst mir«, und sie begriff, dass das Telefonat zu Ende ging.

Hinterher gab es eine Energiereserve, die sich langsam aufbrauchte. Die ersten Stunden wurden von der Freude über das Telefonat erleuchtet. Dann öffnete ebendieses Telefonat einen neuen Spalt: die Möglichkeit, das Leben doch noch auszukosten. Wenn es dann Abend wurde, wenn sie den Tisch deckte, das Kind ins Bett brachte, den Fernseher oder die Nachttischlampe anschaltete, entpuppte sich diese Möglichkeit als unrealisierbar und sinnlos. Dann wurde das Leben ein wenig trauriger. Nicht dramatisch, nicht tragisch. Nur ein wenig trauriger. Sie hatten tragische Momente erlebt, aber jeder für sich. Eines Tages rief er sie unter Tränen aus dem piemontesischen Dorf an, aus dem er sich damals mühsam befreit hatte, die einsilbige Mitteilung, dass seine Mutter gestorben war. Federica erfand einen Vorwand, der nach Vorwand roch, nahm ein Flugzeug und einen Mietwagen und kam in der Dorfkirche an, als die Trauerfeier gerade zu Ende ging. Er stand im Mittelschiff, neben ihm die Geschwister und seine Frau, zwischen ihnen der Sarg, und als er sich umdrehte, sah er sie und lächelte ihr zu, ging sie begrüßen, wie jeden beliebigen anderen, umarmte sie, sie sagte »Mein Beileid«, dann hob er mit seinen Brüdern den Sarg hoch und ging los. Federica fühlte, dass sie dabei sein musste, tatsächlich war sie dabei gewesen, und sie fühlte auch, dass ihr Mann es ahnte, wenn nicht gar wusste und ihr niemals vergeben würde. Vielleicht hatte sie auch Simone in Gefahr gebracht, denn sie war in diesem Dorf um diese Zeit die einzige Frau aus der Stadt. Und während sie in das Nachbardorf fuhr, wo es laut Reiseführer die einzige Pension der Gegend gab, wusste sie auch, dass sie Simones Mutter besser kannte als ihn selbst. Denn seine Mutter hatte in den Bildern gelebt, die der Sohn Federica geschenkt hatte. Aus diesem Stoff hatte sie sich ihre Erinnerungen basteln können. Simone dagegen kannte sie als den Mann am Pistenrand, im Sportanzug beim Trainieren der Mannschaft, bei der Pressekonferenz, mit dem Zutrittsausweis, der ihm um den Hals baumelte. Und dann im Bett, beim Abendessen, beim gemeinsamen Erwachen. Doch die Wirklichkeit war eine andere, er war ein anderer: Er war ein grauer Mann, vor ein paar Stunden Waise geworden, er war ein Ehemann, ein Bruder, der Bewohner eines abgelegenen Dorfes, wo alle sich nach der Frau umdrehten, die aus der Stadt gekommen war. Trotzdem musste sie dabei sein, und sie war dabei gewesen, und so waren sich wegen ihrer Dreistigkeit zwei Welten begegnet, die geschaffen worden waren, einander nie zu begegnen.

Vielleicht war es nicht Liebe. Das musste man sich eingestehen. Dass es Sex war, denn sie hatten beide einen neuen Körper gebraucht, dem man außerdem vertrauen konnte. Also hatten sie diesen Sex mit aller Romantik gewürzt, zu der sie fähig waren. Nein, es war keine Liebe, denn diese Beziehung war nicht bereit, das Geringste auf ihrem Altar zu opfern, nur dazu, eine Leere zu füllen. Doch die Liebe öffnet Räume, sie füllt keine. Der Kreis würde sich niemals schließen, das war unmöglich, weil diese Beziehung nicht vertieft wurde und nichts vertiefte: Sie ging von allein weiter, setzte sich von selbst fort. Er sagte: »An uns geht der beste Teil«, sie sagte: »Uns entgeht der beste Teil.«

»Klingt zumindest ähnlich.«

Es brauchte Jahre, bis sie begriffen, dass es weitergehen würde, ohne dass den Familien irgendetwas weggenommen wurde. Im Gegenteil: mit einem neuen Gefühl der Abrundung, einer Vollständigkeit des Lebens, das von nun an um keinen Millimeter mehr verändert werden durfte. Nur neue Rekorde durften hinzukommen, wie diese kleine Trophäe mit ihren dreieinhalb Kilo, dieser Enkel im Arm seines Großvaters, den Federica als zu ihr gehörig empfinden konnte, als gehörte er ihr. Und für Simone war es genauso. Ganz auf sein Gefühl konzentriert, war er zur ersten Begegnung mit seinem Enkel gegangen, Hand in Hand mit seiner Frau und die Glückwünsche derjenigen beantwortend, die es schon erfahren hatten. Doch hatte sich darin, mitten unter die rückhaltlose Freude, dass sein Sohn einen Sohn gezeugt hatte, dieser so natürliche Gedanke, der nur die ganz einfachen Dinge klar begleitet, wie das sich erneuernde Leben selbst – hatte sich unter diese reine Freude nicht auch der Gedanke an Federica gemischt? War nicht sie diejenige, mit der er im Stillen seine Freude teilte, während er im Krankenhaus die Treppe hinaufging? Immer fester drückte Simone die Hand seiner Frau, aber wem die Hand gehörte, die er drückte, und zu welchem Herzen sie führte, zu welchem Lächeln, hätte er nicht sagen können.

»Mach noch ein Foto mit meinem Handy«, hatte er seinen Sohn gebeten, und die Umarmung, die Freude waren offenkundig, während sich hinter der Bitte um dieses Foto, wie hinter einem Vorhang, der vor einen sonnenhellen Nachmittag gezogen wurde, der unbändige Wunsch verbarg, das Foto sofort verschicken zu können, an sie, an sie. An Federica. Wie bei der Freude war es auch beim Schmerz: Als er beim Rasieren auf der linken Halsseite ein Kügelchen spürte und sein mit Lymphknoten erfahrener, an Massagen und Entzündungen gewöhnter Tastsinn fühlte, dass das etwas war, was beobachtet werden musste, dachte er nicht an sich, auch nicht an seinen Sohn, er dachte an Federica, dachte, dass er nicht krank werden wollte, um nicht sterben zu müssen und sie nicht mehr lieben zu können, um nicht gegen die Krankheit kämpfen und sich von diesem großen Glück ablenken lassen zu müssen. Oder besser gesagt, er dachte an sich, indem er sich selbst zusammen mit Federica dachte, denn inzwischen war das sein eigentlicher Blick auf das Leben. Doch dann war das eine dumme Idee, die sofort wieder verflog. Allein Federica blieb, wurde immer wirklicher.

Und Giorgio, der sich Wachs in die Ohren stopfte, dort unten auf seiner Liege? Hatte Giorgio andere Frauen? Hatte er welche gehabt? Er war ihr Mann, und seit Federica auch Simone liebte, erschien ihr dieser Zustand erträglich. In Wirklichkeit hatte Giorgio andere Frauen gehabt, aber sie waren nutzlos gewesen. Weder hatte er sich je wieder in eine Frau verliebt, noch konnten ihn die empfangenen Freundlichkeiten für das Abdriften seiner Frau entschädigen, denn seine Frau behandelte ihn sogar freundlich, sie konnte alles zusammenhalten und alles im Gleichgewicht und alles im geordneten Gang. Er nicht; es ermüdete ihn, sodass er, immer wenn eine neue Kollegin ihm etwas zu verstehen geben wollte, sehr schnell das Weite suchte. Oder so lange nachgab, wie es schmeichelhaft war. Gelegentlich ließ er sich mitreißen, doch sogar Federica, stets auf das Vorzeichen eines neuen Namens gefasst, der zunehmend häufiger und mit immer mehr Details ausgeschmückt bei ihnen zu Hause auftauchte – sogar Federica wusste, dass dieser Name, so wie er gekommen war, auch wieder verschwinden würde. Giorgio verliebte sich in sich selbst, wenn er sich von intelligenten Frauen beachtet fühlte, die meistens den gleichen Beruf hatten wie er. Das war alles. Doch dann ermüdete es ihn. Nach dem Operationssaal fühlte er sich schon müde genug. Und er fühlte sich auch schon schuldig genug, wenn er die Erwartungen der anderen nicht erfüllen konnte.

Stumm, bestürzt, harrten sie stundenlang vor den Türen des Operationssaals aus, die wartenden Verwandten. Und wenn er herauskam, war er kein Mann, dessen Arbeitstag endete, sondern ein Messias, der vor den Toren Jerichos erwartet wurde. Er aber war nur erschöpft und wusste keine Antwort.

Wollte nur nach Hause zurück und duschen und fühlen, was er seit zwanzig Jahren fühlte: dass es keinen besseren Platz auf der Welt gab als zu Hause. Einer der schönsten Orte dazu: Die Zimmer hatten *seine* Form, die Form des Lebens, das sie beide darin geführt hatten, alle Dinge am rechten Platz, wenn sie gebraucht wurden, und kein Zweifel, niemals auch nur der geringste Zweifel.

Für das Quantum Ungewissheit, das die Medizin ihm hinterließ, entschädigte seine Familie ihn zu Hause lächelnd wieder. So auch jetzt: Susanna, die vor dem Abteil saß, Federica, die sich dort oben entspannte, und er berührte mit den Fußsohlen die Wand des Abteils.

Sie hatten etwa drei Stunden geschlafen, zwischen Udine und Baden, als auch das Mädchen hereingekommen war und sich noch komplett angezogen neben der Mutter ausgestreckt hatte. Gegen Ende der Reise, als der Zug in der Gegend um Achau langsamer wurde, träumte Federica, sie würde rauchen. Sie träumte, dass sie Simones Zigarette nahm, die er sich zwischen die Lippen gesteckt hatte, um seine Schnürsenkel zu binden, und den Rauch tief inhalierte. Dann betrat seine Frau den Traum, und Federica wachte auf.

Von Simones Frau erfuhr man wenig, nur das, was er erzählen wollte, und ein paar Fotos von öffentlichen Auftritten, auf denen man sie eher suchen musste, mit ihrem Ausweis um den Hals, in unmöglichen Pelzmänteln. Sie hatte früh gelernt, ihren Mann mit vielen Sportlerinnen und der einen oder anderen Journalistin zu teilen. Ihn nachts in Hotels, in der Kabinenluft von Interkontinentalflügen zu verlieren. Ihn öfter zu erwähnen als zu sehen, vor den Verwandten mit ihm anzugeben, denn er ermöglichte ihr ein schönes Leben, und am

Klangteppich unter jedem seiner Anrufe zu erraten, ob er allein oder in Gesellschaft, im Freien oder in einem Zimmer war. Mehr gab es nicht. Sie war eine schöne Frau gewesen, die sich mit dem Dorf abgefunden hatte. Denn das Dorf an sich ist die Gestalt gewordene Idee, dass es keine Konkurrenz gibt, mit der man vernünftigerweise mithalten muss. Und sie war die dem Wettkampf abgeneigte Frau eines Mannes, der Wettkämpfe zu seinem Leben gemacht hatte. Als der erste Obmann »En garde!« gesagt hatte, war sie stehen geblieben, und als er dann »Allez!« schrie und das Gefecht freigab, hatte sie sich einen Platz hoch oben in den Rängen ausgesucht, von wo aus sie applaudieren konnte. Sie war nie wirklich heruntergestiegen, um zu sehen, woraus ein Podest bestand.

Das einzig wirklich sperrige Gepäckstück im Café des Wiener Südbahnhofs war Susannas Koffer. Giorgio und Federica hatten jeder einen Rucksack, in den sie alles hineingestopft hatten, Federica, indem sie ihre Strumpfhosen in das Paar Schuhe zum Wechseln steckte, Blusen zusammenrollte wie auf Schiffsreisen, dazu eine große Tüte mit Medikamenten. Er einige Reiseführer und eine Spiegelreflexkamera mit dem kompletten Satz Objektive. Susanna aber hatte einen riesigen Hartschalenrollkoffer, den ihr Vater alle Treppen hinauf- und hinunterschleppen und dann darauf aufpassen musste, während sie einen Bummel zu den Kiosken und Schaufenstern machte.

»So will sie Revolution machen? Mit einem Rollkoffer?«, fragte Giorgio, als Susanna ein paar Meter weiter weg war und sich eine Waffel aussuchte.

»Sie will bestimmt keine Revolution machen.«

»Ist das womöglich das Problem?«

»Wieso, hast du denn Revolution gemacht?«

»Was glaubst du wohl, warum ich nichts als Probleme habe.«

Federica lachte und ging zur Theke, um ihrer Tochter beim Deutschsprechen zu helfen.

So konnte sie nicht sehen, dass Giorgio rot wurde und sich schwer in die Lehne des Stühlchens fallen ließ. Schließlich gewann er seine Fassung wieder, faltete die Zeitung auf seinem Schoß zusammen.

»Willst du nichts?«

»Nein.«

»Was hast du?«

»Ich bin müde. Möchtest du einen Blick in die Zeitung werfen?« Er erbot sich, mit dem Stuhl neben seine Frau zu rücken.

»Auf keinen Fall, ich bin im Urlaub. Heute Nacht habe ich den Laptop zugeklappt und mache ihn erst bei der Rückkehr wieder an.«

»Warum hast du ihn dann mitgenommen?«

»Reine Gewohnheit. Aber es reicht, Feierabend.«

Giorgio diskutierte noch am Stand der Mietwagenfirma, als auf dem Bürgersteig vier junge Leute Arm in Arm an ihnen vorübergingen. Sie waren um die zwanzig, drei Mädchen und ein Junge, und gingen lächelnd, mit schnellen Schritten, fast hüpfend, dazu sangen sie ein Lied, das Susanna und Federica nicht erkannten. Die Mädchen hatten lange Haare, trugen Jeans und flache, bequeme Schuhe, und der Junge war ein bildhübscher junger Mann mit blauen Augen und einem leichten Bartansatz. Vor allem aber strahlten sie alle vier.

Endlich kam Giorgio mit dem Auto, parkte neben ihnen am Straßenrand und fragte, während Federica die Gepäckstücke verstaute:

»Hast du alles kontrolliert? Fehlt auch nichts?«

Susanna blickte den vieren hinterher.

»Fahren wir jetzt, Papachen? Wie der angezogen war. Warte erst, bist du die Freeclimber siehst …«

Unter den Bogengängen der Altstadt wühlten Mutter und Tochter sich durch sämtliche Stände, an denen lokales Kunsthandwerk verkauft wurde. Es gab wunderschöne Holzhäuser von der Größe einer Schuhschachtel mit mehreren Stockwerken und möbliert mit winzigen Betten, deren karierte Federdecken sicher auch für die kleinen Zinnpuppen in dem Häuschen zu warm waren. Diese Puppen mit Locken aus fuchsroter Wolle saßen auf winzigen Puffs und betrachteten sich im Spiegel.

Susanna ließ sich ein zwölfteiliges Essgeschirr kaufen, jeder Teller so groß wie ein Fingernagel. Giorgio wartete im Café auf die beiden, vor sich ein Forst, er las die Nachrichten. Als das Mädchen zum Vater zurückging, konnte Federica sich nicht von einem hellblauen Strampelanzug mit einem handgestickten S lösen. Das S von Superman, Größe 0–3 Monate, so fein, dass er sich im Nu zusammenrollen und in der Innentasche der Handtasche verstauen ließ.

»Ich will auch ein Bier.«

»Morgen kaufen wir uns Dosen, und wenn wir müde sind, stellen wir sie zwischen die Steine in einem Fluss.«

»Zwischen die Steine?«

»Ja, so haben wir das immer gemacht, als du noch klein

warst, das Wasser kühlt sie sofort, es gibt sogar Tümpel, wie eigens von der Natur dafür erdacht, um Bier zu kühlen.«

»Willst du einen Blick auf die Nachrichten werfen?«

»Giorgio, wir sind erst gestern angekommen, ich fange gerade an, mich zu erholen, und da soll ich die Nachrichten lesen? Vielleicht rufe ich später mal in der Redaktion an, bloß so, um von mir hören zu lassen.«

»Du versäumst nichts.«

Allerdings rief Federica, während sie betont lässig über den Rasen vor dem Hotel spazierte, nicht in der Redaktion, sondern Simone an. Und sein Telefon war abgestellt.

Und so fand sie erst am Fuß des Schneebergs auf einer Alm eine mehrere Tage alte italienische Zeitung und blätterte sie durch, während Giorgio ihr das Schwarzbrot mit Käse bestrich.

Sie las, dass Simone an einem Herzinfarkt gestorben war, sie las es auf einer Seite mit Kommentaren, es war bereits ein Nachruf, gezeichnet von einem alten Journalisten aus ihrer Abteilung. Sie suchte auf den vorhergehenden Seiten. Von der ersten bis zur letzten, dann wieder von vorn, doch die Zeitung hob sich im Wind, und die Worte auf den Seiten gerieten durcheinander. Bei den Todesanzeigen fand sie seinen Namen noch einmal. Groß, in der Mitte eines Rechtecks mit Trauerrand. *Simone.* Es war die Anzeige eines Sportverbands. Danach die anderen, alle schwarz auf weißem Grund.

Giorgio beobachtete sie, er wusste Bescheid und hatte nur einen Impuls: seine Tochter zu schützen. Also fasste er Federica von hinten um die Schultern und zeigte ihr mit einer einzigen Geste, dass er es immer gewusst hatte. Flüsterte, als wäre seine Frau eine Fremde, der er Trost spenden musste: »Nimm dich zusammen. Für Susanna.«

»Komm, wir gehen wieder hinunter, Mädel«, sagte er. »Heute nehmen wir uns das Schwimmbad vor, nicht den Berg, Mama ist schwindelig, da klettert man besser nicht in die Höhe.«

Ein wenig zitternd, doch entschlossen auf seine Aufgabe konzentriert, wie der Hirtenhund, dem sie auf dem Pfad nach oben begegnet waren, beschrieb er dann mit Worten und Umarmungen lange, unaufhörliche Kreise um seine Familie, bis sie alle wieder auf ihren Zimmern waren.

»Willst du zurück nach Italien?«, fragte er, als er Federica die Tropfen ans Bett brachte.

»Und du?«

»Ich verbringe hier in aller Ruhe meine Ferien und rede ein bisschen mit Susanna, wir reden ja sonst nie.«

»Hast du es ihr gesagt?«

»Bist du verrückt? Ich habe es ihr nicht gesagt, als er noch lebte, soll ich es ihr jetzt sagen, wo er tot ist?«

Federica begann wieder zu weinen.

»Beruhige dich, nimm die Tropfen und ruh dich ein bisschen aus.«

Sie hörte auf ihren Mann, schluckte, dann fixierte sie, auf der Seite liegend, die Geranien vor dem Fenster. Sie schlief ein.

Beim Abendessen bedienten sie sich alle drei aus einer großen Suppenterrine auf dem Tisch, die mit Knödeln in Brühe gefüllt war. Sie servierten einander schweigend, Giorgio tat Federica auf und sie Susanna. Das Tischtuch war rot, der Saum mit kleinen Tiroler Motiven bestickt: ein Hirsch, Alpenveilchen, ein Paar Holzschuhe, ein Schlitten. Das warme Licht und die Gipfel der Alpen draußen warfen rosige Reflexe, die jeder von ihnen durch ein anderes Fenster in der großen Fensterfront des Restaurants beobachten konnte. Sie schwiegen, und Federica war so niedergeschmettert, dass sie nicht einmal vom Wein probieren konnte. Das Hotel war ein weißer Bau mit Schieferdächern und sehr hohen Schornsteinen aus Ziegelstein, die winters wie sommers Rauch in den Himmel ausstießen, denn sie heizten die Badezimmer, die Küche und die Waschräume. Und die Thermen im Hotel. Darum schwebte das Hotel, das inmitten von Apfelgärten auf tausend Metern Höhe in der Wachau lag, auch Ende Juli in einer feinen Dunstwolke. In der Stille des Speisesaals hörte man nur leises Gläserklingen und die gedämpfte Unterhaltung eines sehr alten Ehepaars drei Tische weiter. Plötzlich schlürfte Susanna vernehmlich die Brühe vom Löffel. Aus Versehen. Es war ein Versehen, eine falsch berechnete Bewegung der Muskeln bei einer eingeübten, kontrollierten Handlung. Und auch der vorwurfsvolle Blick, den Federica ihr zuwarf, war eingeübt und kontrolliert – seit siebzehn Jahren beschäftigte sie sich damit.

Da legte Susanna den Löffel auf ihren Teller und antwortete auf den reflexhaften, vorhersehbaren Vorwurf ihrer Mutter. Sie blickte ihr starr in die Augen.

»Ihr solltet euch mal sehen, wie runtergekommen ihr seid«, sagte sie. »Das ist euer einziger Urlaub im ganzen Jahr, und guckt euch bloß mal an. Die da mit den Augenringen kippt ja gleich um. Völlig zugedröhnt. *Sie* ist zugedröhnt, nicht die Leute, mit denen ich weggehe. *Sie.* Und den Stoff kriegt sie von dir. Und er hier sorgt sich, seit ich aufs Gymnasium gehe, einzig und allein darum, ob ich einen Freund habe oder nicht, ob ich vögele oder nicht, ob ich ein Kondom benutze oder nicht. Und das alles immer heimlich, immer versteckt, alles immer ein einziges *Ich sage es und sage es nicht.* Jeder immer mit irgendjemandem im Bunde. Du, damit ich nicht erfahre, dass Mama mit diesem Typen zusammen ist, und du, Mama, damit keiner erfährt, dass du mit ihm zusammen bist, und wenn ich dir einen halben Satz über einen Freund sage, wird sofort ein Geheimnis daraus. Und wofür diese ganze Geheimniskrämerei? Garantiert nicht für irgendwelche heldenhaften Ziele. Keiner von euch war Mata Hari, keiner hatte die Akten vom Eichmann-Prozess auf dem Nachttisch, oder? Ja, ja, mach ruhig dieses Gesicht. Es ist zwecklos, völlig zwecklos, dass du versuchst, es zu verharmlosen. Immer verharmlost du alles. Du kannst so oberflächlich sein, dass man deine Frau vögelt, und du verharmlost immer nur. Die Hörner, die sie dir aufgesetzt hat, sind fast vollständig geschrumpft, aber bestimmt nicht, weil du diesem Typen eine reingehauen oder Mama aus dem Haus geworfen hast. Aha, wo ist denn jetzt dieser Ausdruck ›Eichmann-Prozess‹ geblieben? Interessiert es dich nicht mehr, ob ich die richtigen Beispiele zitieren kann? Weißt du, Papa, die Sache ist die, dass ich den Dingen eine andere Bedeutung beimesse. Ihr habt's geschafft, eure Gespenster bis hierher mitzunehmen. Und dieser Typ ist inzwischen wirklich ein Gespenst geworden. Wie eklig, Mama, igitt, jetzt begraben sie ihn, kapierst du? Sie werfen Erde auf ihn, inzwischen stinkt er schon, pfui, wie Großvater, ganz grün ist er jetzt. Sie heult, guckt sie euch an. Fast in den Wechseljahren und heult.

Guckt sie euch an. Das ist die Frau, der es unangenehm ist, wenn ich die Brühe vom Löffel schlürfe und Geräusche mache.

Sie weint um einen Mann, dem sie jeden Abend heimlich per SMS Gute Nacht gewünscht hat. ›Andauernd hast du dieses Handy in der Hand!‹ *Ich?* Ich höre Musik mit meinem Handy, auf unserer Hinfahrt habe ich mir Keith Jarretts *Vienna Concert* angehört, wenn ihr's wissen wollt. Nein, versuch das nicht mal, ich habe dein Handy nie angerührt. Nicht wie du und Papa, so wie ihr mein Handy kontrolliert. Aber man braucht ja sowieso nicht nachzusehen, mit wem telefoniert wurde. Da reichen die Spuren völlig aus, die ihr in der Luft hinterlasst. Denn ihr wollt welche hinterlassen, nur so fühlt ihr euch lebendig. Das bringt ihr nicht, mit jemandem zu vögeln und keine Spur zu hinterlassen. Papa konnte nicht darauf verzichten, sich andauernd darüber auszulassen, wie tüchtig die Anästhesistin war, und ohne dass jemand irgendwas gesagt hätte, musste er noch hinzufügen: ›Eine anständige Person‹. *Eine anständige Person* ist das Signal für jeden eurer Ficks geworden.

Wer verbietet es euch denn? Man ist doch nicht *anständig* oder *unanständig*, wenn man Ehebruch begeht? Wenn man sich für andere interessiert?

Man ist wie sehr viele andere Menschen, die die Liebe zu wichtig nehmen.

Ihr seid vor allem Menschen, die einem nichts als bloß das beibringen können. Wie, als wir in Peking waren und Mama zu mir sagte: ›Nun geh schon, geh die Delegation begrüßen‹. Wollte sie mir Benehmen beibringen? Oder wollte sie den Mann, den sie liebte, noch ein paar Minuten in der Luft festhalten? Mich als ihr Alter Ego, als Teil von sich hinschicken, um ihm, dem Trainer, noch einen Kuss zu geben? Wer weiß, wie oft er ihr gesagt hat, dass ich reizend bin, dass ich ihr ähnlich sehe. Ruhe er in Frieden.

Ihr habt die Luft mit Zeichen verstopft. Ihr seid wie dieser Barbier von König Midas in den Metamorphosen von Ovid, der einfach nicht für sich behalten kann, dass Midas Eselsohren hat, also gräbt er ein Loch in die Erde und schreit es hinein.

Ich bin anders. Als ich im Zug aus dem Fenster geschaut habe, habe ich nur an das gedacht, was ich sah. Ich habe die Städte gesehen, dann nichts mehr. Über lange Strecken nur die Nacht, dann wieder einen hellen Schein über den Feldern, der näher kam, und ich wusste, dass dort hinten wieder eine Stadt liegt, mit Männern und Frauen wie ihr, die sich im Schlaf an der Hand halten und dabei an jemand anderes denken. Doch dann fuhren wir wieder zwischen Feldwegen und Bäumen, und einen Moment lang haben mir die Augen eines Fuchses einen Lichtblitz zugeworfen. Und die Welt, die ich gesehen habe, wird meine sein.

Ich habe mir gesagt: Nächstes Jahr mache ich dieselbe Reise allein, und vielleicht komme ich dann nach Hause zurück, aber wer weiß, wann. *Jetzt halt nur noch ein bisschen durch, zehn Tage, und kümmere dich einfach um deine eigenen Angelegenheiten.* Ihr seid das Problem, nicht ich, wie ihr gerne glauben würdet. Das Problem bleibt bei euch. Denn ihr habt euch diese Suppe eingebrockt, und ihr werdet dafür bezahlen, unter dem Lächeln der Empfangsdame und mit einer hübschen Visitenkarte, an die Kreditkartenquittung geheftet, auf Wiedersehen, gerne wieder im nächsten Jahr! Im Unterschied zu euch bin ich frei.«

Mit diesen Worten stand sie auf und ging auf die Veranda hinaus.

Auf der weiten Hochebene trotteten die Pferde langsam

auf die Berge zu, als hätte die Abenddämmerung sie in Bewegung gesetzt. Susanna folgte ihnen eine Weile, bis man von den Fenstern des Hotels aus ihre Haare nicht mehr von den Mähnen der Pferde unterscheiden konnte.

DER TAG NACH DEM FEST

»Nun setz dich doch endlich, Mama.«

»Nein, warten Sie, die Signora möchte mit dem Rücken zum Fenster sitzen, so, bitte sehr.«

»Himmel, was macht dieser Kellner bloß für ein Getue.«

»Wieso Getue? Er weiß, was mir lieber ist, und will es mir recht machen … Er ist bloß freundlich, finde ich.«

»Und ich finde, du solltest deinen grauen Star operieren lassen, Mama, es schränkt dich doch sehr ein, dass du nicht ins Licht sehen kannst.«

»Ach, Unsinn, ich sehe ausgezeichnet, ich mag es nur nicht, dich im Gegenlicht anschauen zu müssen – bin ich mit einem Schattenriss in die Pizzeria gegangen oder mit meiner Tochter?«

»Mit dem Schattenriss deiner Tochter, Mama, mit dem, was von ihr übrig bleibt …«

Hässlich bin ich nie gewesen. Vielleicht habe ich als Zwölfjährige gelitten, weil es ein Zuviel gab: ein auffälliges Muttermal an der Nase, aus dem Härchen sprossen, die laut Mutter und Arzt keinesfalls mit der Pinzette herausgezupft werden durften. Und ein Zuwenig: kein Busen, schmale Hüften, kurze Haare, eher einem familiären Grundsatz gehorchend als einem persönlichen, ästhetischen. Noch ein Zuviel: eine Brille, denn Kontaktlinsen kamen nicht in Frage – damals kaum erprobt und für zwei Beamte zu teuer. Noch ein Zuwenig: die

Lücken der Schneidezähne, die sich nicht schließen wollten, also hoffte ich, dass eines Tages die Weisheitszähne herauskommen und sie zusammendrücken würden. Ja, es hat eine Zeit gegeben, in der ich mich hässlich fühlte, aber nicht einmal damals kann es wahr gewesen sein, wenn ich doch ein paar Jahre später mit dem hübschesten und obendrein intelligentesten Jungen am Gymnasium zusammen war. Seine Intelligenz war lebensnah, er sprach Englisch wie ein Engländer, und das in einem provinziellen Italien, wo es nur Schwarzweißfernsehen gab. Hübsch und intelligent, zuverlässig und mit einer vom Vater geerbten Moto Guzzi 125, für die man den Führerschein Klasse A1 brauchte. Ich war mit ihm zusammen und tat all das, was aus einem hässlichen Entlein eine schöne, dann eine sehr schöne und schließlich eine unwiderstehliche Frau macht, so unwiderstehlich, dass ich zuletzt diejenige war, die wegging, gestärkt durch die Abiturprüfungen und Reisen in die großen Städte, die uns in ihre Universitäten saugten.

Das gesamte übrige Liebesleben war ein Wechsel zwischen zwei Zuständen: Entweder war ich verliebt, zum Heiraten verliebt – was nicht bedeutet, dass ich es tat, aber immerhin fehlte nicht viel und ich hätte es in fünfzig Jahren drei oder vier Mal drauf angelegt, und dann habe ich es doch nur ein einziges Mal drauf angelegt, da allerdings voll und ganz, mit Heirat und Tochter und entsprechender vorübergehender Befriedigung. Die anderen Male waren vergleichbare Subformeln: zwei feste und ausschließliche Beziehungen, erklärt und vorgeführt, ein Zusammenleben. Punkt.

Oder ich war frei und freizügig, am liebsten ging ich allein nach Haus zurück und fand eine leere Wohnung vor, wenn ich allein sein oder jemanden mitbringen wollte. Und führte in der Woche drei Telefonate mehr oder weniger desselben Inhalts mit einigen unterschiedlichen Menschentypen (ich weiß, die Männer, mit denen ich zusammen war, wiederholten im Grunde zwei Muster: entweder oberflächliche Spaßvögel oder leicht zu Tränen gerührte Seelen. An der Außenseite: entweder die Hässlichen, wo niemand hinguckt, oder die Atemberaubenden, wo alle gucken). So konnten Monate vergehen, ich musste nur aufpassen, dass ich die Telefonnummern nicht durcheinanderbrachte. Der Schichtwechsel folgte dann ganz natürlich und war nicht mal traumatisch. Urplötzlich, so wie sie gekommen war, verflog die Begeisterung. Was Abhängigkeit gewesen war, wurde ein Nichts. Ich vergaß ihn einfach, den Mann, mit dem ich mir die Nachmittage und Abende vertrieben hatte – dazu das eine oder andere Frühstück im Bett –, während er unserer stillschweigenden Abmachung gemäß wieder dorthin zurückging, von wo er gekommen war. Und wie in der Geschichte von den heller strahlenden Sternen, die ihre fernen Brüder verdunkeln, tauchte der Nächste vor mir auf, zu dem ich, immer dem gleichen Drehbuch folgend, Zuneigung fasste. Wir saßen bei einem Gläschen zusammen, und er sagte etwas Nettes. Jedes Mal entdeckte man einen gemeinsamen Hintergrund. Ich war immer Lehrerin, sie kamen immer aus der Welt der Schule. Ich habe immer Tango getanzt, immer kam ein Neuer aus dem Tanzlokal. Ich bin immer gern ins Kino gegangen, immer hatten wir dieselben Filme gesehen. Vom Gläschen zum Abendessen, vom Abendessen zur Wohnung, von der Wohnung zum Telefonat, vom Telefonat zum nächsten Mann.

Mitunter ging ich jedoch auch durch einen Mischzustand, in dem ich mir beide Situationen wünschte, allerdings gleichzeitig. Im Klartext: Ich betrog. Denn für gewöhnlich wurde ich nach zwei, drei Jahren fester Beziehung ruhiger: Ein Frieden breitete sich in mir aus, eine Gewissheit, die nicht mehr die Hast der Leidenschaft war, der Drang, sein Leben mit mir und meinen Angelegenheiten zu überschwemmen, die Verpflichtung, alles zu teilen. Und wenn ich mich beruhigte, begann ich mich zu entspannen. Diese Entspanntheit schien von außen sichtbar zu werden, schien Signale aus den Haaren auszusenden, nach erneuter Verfügbarkeit zu riechen. Wie gesagt, ich bin nie hässlich gewesen. Also führte mir dieser Zustand, eine gebundene und zugleich ungebundene Frau zu sein, in kürzester Zeit, und das muss man mir aufs Wort glauben, unwillentlich einen neuen Geliebten zu. Der Geliebte musste nur wissen, dass sich mit ihm nichts in meinem Leben ändern würde.

Da ich nicht katholisch bin, da ich nicht mehr war als eine mit einem Lehrer verheiratete Lehrerin und Mutter einer Tochter, aufgeweckt und selbständig genug, um mit ihren Freundinnen zum Turnen zu gehen und das Wochenende bei den Großeltern zu verbringen, hatte ich, ehrlich gesagt, nie das geringste Schuldgefühl. Manchmal geriet ich in Panik bei der Vorstellung, irgendwelche Spuren hinterlassen zu haben, die den perfekten windschiefen Tempel, den ich mir errichtet hatte, zum Einsturz bringen konnten, doch zum Glück war niemand so grausam, Spuren meines Durchzugs aufzubewahren oder auszustellen. Oder dieser selbst war harmlos und flüchtig, vergänglich wie eine Jahreszeit.

Doch jetzt, hier in der Pizzeria, während ich meiner Mutter half, mit dem linken Oberschenkel am Tischbein vorbeizukommen, während ich ihr die Serviette auf dem Schoß ausbreitete, war ich von jenen wechselnden Zuständen in eine letzte Phase übergegangen, die ich dem Alter und dem unglücklichen Umstand zuschrieb, eine geschiedene Frau mit einer achtzehnjährigen Tochter zu sein, die soeben ihr Studium an einer weit entfernten Universität begonnen hatte, und einer Mutter, der ein Schlaganfall eine Lebenshälfte genommen und sie an der anderen Hälfte hängen gelassen hatte.

Meine Mutter war Witwe, und ich kümmerte mich um sie. Und fühlte mich vom Pech verfolgt. Nun, für eine Frau, die im halben Land herumgekommen und an so mancher Schule gewesen ist, um Vertretungsstellen hinterherzurennen, und dafür oft umgezogen ist und dann zwischen zweiunddreißig und fünfzig eine Tochter großgezogen und mehr als eine Schlacht geschlagen hat, immer angespannt auf eine Nachricht wartend, die kommen musste, und wenn sie dann kam, umgezogen ist und so weiter – nun, für so eine Frau war das Unglück, das mich zwang, meine Mutter zu pflegen, im Grunde ein bequemer Zustand. Er bedeutete in etwa: *Du bleibst jetzt brav an deinem Platz, eine andere Wahl hast du sowieso nicht. Die Schule hast du noch für weitere zehn, fünfzehn Jahre, vorausgesetzt, du darfst in Pension gehen, die Tochter ist groß und findet ihren Weg, vergiss die Wochenenden mit deiner Freundin – bei wem lässt du Mama? – und bewahre dir deine Abende im Kino, im Tanzlokal, ein Abendessen zu Hause mit der alten Kollegenclique, eben alle abendlichen Aktivitäten, die von den Nervenberuhigungsabsuden des Neurologen deiner Mutter abgedeckt werden. Punkt. Ach ja, sieh in der Zwischenzeit zu, ob du nicht ein paar Häuserblocks näher zu ihr ziehen kannst.*

Das sagte mir das Schicksal seit einiger Zeit. Und das sagte es nicht nur sehr klar, indem es die Ärzte meiner Mutter, ihren

Physiotherapeuten, den Lebensmittelhändler, der ihr den Einkauf ins Haus brachte, und die Nachbarin zu seinem Sprachrohr machte. Das sagte mir das verfluchte Schicksal auch auf vielerlei andere Art. Zum Beispiel in den Knien.

Auf meine schönen Beine durfte ich schon immer stolz sein, schließlich tanzte ich. Ich tanzte so viel und so gut, dass mein Kontoführer, der mein armseliges Gehalt kannte, mich anrief, um mir eine Lebensversicherung aufzuschwatzen und zur Bekräftigung sagte: »Sie rauchen nicht, und obendrein tanzen Sie …« Dabei glotzte dieser Schleimer auf meine übereinandergeschlagenen Beine – es war Sommer, und wenn ich im Sommer entscheiden muss, wie viel Stoff ich am Körper trage, ist mir Luft wichtiger als Sittsamkeit.

»Nun, was machen wir? Versichern wir die Beine?«

Schluss. Doch seit ein paar Jahren sprach mich das Schicksal aus den Knien an. Nichts half: Cremes, Massagen im Badezimmer, Stützstrümpfe im Winter. Die Haut war wie losgelöst von der Materie, die sie umschloss. Solange ich saß, lag sie ruhig und straff auf den Knochen, doch kaum stand ich auf, verriet sie meine Rolle als Amme einer halbierten Mutter. Sie warf spannungslose kleine Girlanden zwischen Oberschenkel und Schienbein: das, was von meinem Fest am Tag danach übrig geblieben war.

Das war ich jetzt. Ich war im Tag danach angekommen. Und schuld waren sicher nicht meine fünfzig Jahre, man musste ja nicht einmal die Titelblätter der Frauenzeitschriften studieren, um zu wissen, dass es hinreißende Fünfzigjährige in Hülle und Fülle gab. Es genügte, meine Direktorin zu sehen, wenn sie vom Skiurlaub kam. Sie war drei Jahre älter als ich und hatte den letzten nationalen Wettbewerb für leitende

Stellen im Schuldienst gewonnen, ihr Mann hatte ihr einen gigantischen Smaragd geschenkt, und alle, von den Fünftklässlern bis zum Hausmeister, der kurz vor der Pensionierung stand, starrten auf ihren triumphalen Busen.

Schuld war dieses Leben, das mich in den Tag danach gezwängt hatte und dessen Wahrheit – die Unbeweglichkeit, der Verzicht, das Eingezwängtsein – mir mit Trompetenschall verkündet wurde. »Das sind die Wechseljahre, Signora, wir machen jetzt eine Hormonersatztherapie, so riskieren wir keinen Kalziummangel – immerhin tanzen Sie.«

Seit mindestens einem Jahrzehnt bestellten wir immer die gleiche Pizza. Mama, um die Speisekarte nicht lesen zu müssen, die ihr, wie alles Geschriebene, nur hinter der beschlagenen Scheibe ihres persönlichen Winters erschien. Ich aus Langeweile. Aus einer plötzlichen Depression heraus, die mich jedes Mal umhüllte, wenn ich mit ihr ausging und das makabre Ritual dieses »gewohnten Spaziergangs« vollzog. Zwei grässliche Worte, wenn man fünfzig ist: *gewohnt*. Und *Spaziergang*. Doch bei jedem Spaziergang änderte sich etwas, zum Schlechten. Inzwischen besaß Mama weder den genauen Blick noch die Kraft mehr, sich ihre Pizza selbst zu schneiden.

»Zwei Margherita mit Büffelmozzarella. Können Sie eine bitte schon schneiden?«

»Giulia, bist du verrückt? Nur Kindern schneidet man die Pizza vor.«

»Wer es nötig hat, lässt sie sich schneiden, Kinder, Faule und Alte.«

»Dann kannst du die vorgeschnittene essen.«

»Dann muss ich dir deine sowieso schneiden.«

Da hob Mama das noch agile Händchen und rief den Kellner zurück, den gutaussehenden, der mit den Jahren immer attraktiver wurde. Und unerträglich förmlich.

»Cesare, Sie schneiden die Pizza für mich, ja?«

»Selbstverständlich, für die Dame.«

Armes Mamachen, ich betrachtete sie von der Seite, der guten Seite, die andere durfte ich wenigstens in der Pizzeria vergessen. Was für eine Qual, mit fünfundsiebzig alles wieder von vorn durchkauen zu müssen. Sie tat mir leid und rührte mich, aber verdammt, wie lange würde das noch so weitergehen? Die Vitalfunktionen waren gut, aber die Karosserie so übel zugerichtet, dass meine Mutter objektiv wirklich über nichts mehr selbständig verfügte. Außer über ihre Halsstarrigkeit.

»Die Polin will ich nicht.«

»Was haben die Polen dir getan? Papst Johannes Paul II. war Pole.«

»Ich komme sehr gut allein zurecht.«

»Wenn's doch nur so wäre, Mama. Aber du bist nicht allein, du hast mich.«

»Du lebst am anderen Ende der Stadt.«

»Wie heldenhaft von dir, wenn man bedenkt, dass ich direkt aus der Schule zu dir komme, den ganzen Nachmittag bei dir bleibe und erst nach acht gehe, wenn ich dich ins Bett gebracht habe.«

»Aber du wohnst am anderen Ende der Stadt.«

»Ich schlafe am anderen Ende.«

Und tatsächlich schlief ich allein.

Das war ich, als ich vom Tisch aufstand, um auf die Toilette zu gehen, beim Durchgang zum hinteren Raum der Pizzeria abbog und der Kellner plötzlich vor mir stand.

Er hatte so eine professionelle Art, mich anzusehen, als er zur Seite trat, um mich vorbeizulassen. Aber aus welcher professionellen Routine schöpfte er diesen Blick? War er müde, genervt, zerstreut? Und war ich durchsichtig? Oder hatte er Mitleid mit uns beiden, mit Mama und mir, meine ich, denn in meinen Augen waren wir mittlerweile untrennbar verschmolzen – ja, ich war im Grunde diejenige, deren eine Seite schwer herunterhing –, und verbarg er hinter diesem verhaltenen Blick ein Lächeln über so viel Leid?

Ich hätte das nie beantworten können und hätte mir die Frage sehr gerne nicht gestellt, aus mindestens zwei Gründen, über die ich auf dem restlichen Weg zur Toilette nachdenken konnte: Erstens war der Kellner groß, und immer wenn ich mit Mama ausging, trug ich Schuhe ohne Absätze.

»Nimm den Stock mit, Mama.«

»Nein, ich stütze mich ja sowieso auf dich.«

Zweitens kannte ich mich zu gut und wusste, dass es auf eine solche Frage nur eine Antwort geben konnte: *Das Fest ist vorüber – übrigens, suchst du dir endlich eine kleine Wohnung in der Nähe deiner Mutter?* Die Straße der Unzufriedenheit, die sich in mir geöffnet hätte, führte auf eine kleine Parkbucht für glücklose Menschen, die viel zu weit vom Ziel entfernt dringend Pipi machen müssen.

Neben der Toilettentür hing ein riesiger Wandspiegel ohne Rahmen, rechteckig und lang, mit dem aufgedruckten Schriftzug PERONI, und so geschah es, dass ich im Vorbeigehen die Augen zu diesem Spiegel hob.

Und zwischen dem R und dem O sah ich den Kellner, der stehen geblieben war, sich umgedreht hatte und mich irgendwo unterhalb der Taille betrachtete.

Irgendwo unterhalb der Taille sitzt das Leben. Auch wenn du wegen der Wechseljahre eine Hormonersatztherapie machst, denn jetzt stieg von dort eine Glutwelle in mir auf, sodass ich länger als nötig auf der Toilette blieb, um mir die Hände einzuseifen und das Oval meines Gesichts abzusuchen, die Art, wie das Kinn in den Hals überging, die Falten zwischen Lippen und Nase, den weißen Wuchs an den Schläfen: Ich wollte wissen, was von mir und was von den anderen war.

Wie viel von meiner Mutter und von meiner Tochter darin steckte und wie viel vom Vater von Iodice Silvio, der mich anzeigen wollte, weil ich im Unterricht sagte, dass die Faschisten faschistisch waren.

Wie viel von den vergangenen Tagen und wie viel von den kommenden.

»Lass es«, sagte ich mir und machte Pipi auf der Parkbucht.

Danach freute ich mich, dass meine Mutter am Tisch selig, nein, schamlos mit dem Kellner schwatzte, als hätten der Schlaganfall und das Alter sie weit weg vom Unglück und dem Glück sehr nahe gebracht, und währenddessen stopfte sie die Brusttasche seines Hemdes mit einem Geldschein aus, worauf er ihr in seiner maßlosen Fürsorge den Arm bot und sie zur Tür brachte, wo er sie losließ und an mich lehnte. Wer mit Hinkenden geht, muss selbst hinken, darum schickte ich ein lautloses Gebet zum Himmel, das letzte Bild meines Hinterns, das der Kellner sich bewahrte, möge das des PERONI-Spiegels sein. Und auf Wiedersehen.

»Warum steckst du ihm Geld in die Tasche, Mama? Kannst du das Trinkgeld nicht auf dem Teller liegen lassen?«

»Und wenn die an der Kasse das für den Rest halten und einstecken?«

An dem Abend suchte und fand ich die Zigaretten, die meine Tochter vor zwei Monaten versteckt und vergessen hatte, als sie zum Studieren ausgezogen war.

Ich hatte mit dem Rauchen aufgehört, als ich zu tanzen anfing, es war wegen der Kondition und vielleicht auch ein bisschen wegen der Hautalterung. Nicht, um meiner Tochter ein gutes Beispiel zu geben, auch nicht wegen des auf der Packung angekündigten Krebses. Ich möchte nicht oberflächlich erscheinen, obwohl ich es versucht habe, ist es mir nie recht gelungen, und tatsächlich quälte ich mich die ganze Nacht mit diesem beschämenden Gedanken: *Wie konnte es bloß so weit kommen, dass ich wegen der Blicke eines Kellners noch einmal Feuer fange?* Zugegeben: Bei meiner ersten Vertretungsstelle hatte ich eine Affäre mit dem Hausmeister gehabt, und als ich noch verheiratet war, habe ich mit dem Sportlehrer geflirtet, der auf der sozialen Stufenleiter schon unter einer Geschichtslehrerin rangiert. Im Grunde war mir die soziale Stufenleiter egal, das heißt, nicht der Gedanke, dass ich beim Blick eines Kellners noch einmal Feuer fing, bekümmerte mich, sondern mich beschämte die Einsicht, dass ich vergessen hatte, wie der Blick eines Mannes auf mich wirkte, dass dieser Blick Macht über mich haben konnte.

Nein, nein, alles ganz anders, um vier Uhr morgens kam ich drauf: Mich beschämte, dass ich an ihn dachte und er nicht an mich.

Punkt.

Die Beziehung zu Männern hatte sich gespalten, sie war nicht mehr gleichberechtigt. Und das wurde mir ausgerechnet an einem Kellner vorgeführt. Ich hätte auf die Jagd gehen können. Hätte Mama ein paar Stunden abgeben und allein dort essen gehen können. Eine Pizza nach Hause bestellen und bei der Lieferung zum Angriff übergehen. Mein Handy in der Pizzeria vergessen. Ich hätte es probieren können. Doch damit hätte ich mir eine Enttäuschung eingehandelt, und dagegen war ich nicht mehr gewappnet.

Ich gefiel ihm nicht. Er war ein schöner Mann. Sein proletarischer Stand machte ihn noch rauher, ungeschliffener …

Nach einer mit derartigen Gedanken verbrachten Nacht wäre auch der Eroberungsversuch zwecklos gewesen: Sex duldete keine Gedanken und Worte. Nur Taten und Versäumnisse. Da blieb nur noch, die Muskeln irgendwie zu ermüden und ein paar Stunden zu schlafen, bevor es in die Schule zurückging.

Dann kam eines Tages die Vorladung der Carabinieri.

Iodice Mario, Vater von Iodice Silvio aus der 5b, hatte dem Antifaschisten Villari, den Rassengesetzen, der Republik von Salò und den fünfzig Millionen Toten des Nazifaschismus nicht standgehalten. Von der ganzen großen Geschichte hatte er sich mich für eine Anzeige ausgesucht.

Ich hatte meine Freundin Silvana, die Zur-Hand-Anwältin, angerufen. Und so kamen wir mit ordnungsgemäßen Behördeneinträgen, Personalausweis und Verhandlungsterminen in der Hand aus der Kaserne der Carabinieri, ich wutschäumend, weil ich für 1720 Euro im Monat meine Unterrichtsstunde auch noch vor dem Richter wiederholen sollte. Wenn er sie überhaupt verstand.

»Komm, ich spendiere dir eine Pizza, das ist das mindeste«, sagte ich zu Silvana.

Ich war in heller Aufregung und glühte, als wir uns an ein

Tischchen auf der Straße setzten, jetzt hatte sich auch noch der Frühling eingemischt, und während ich Papa Iodice nachahmte, zog ich mir die Jacke aus, löste meine Haare und saß in Jeans und T-Shirt da, auf dem Tisch die Zigarette, dazu die wütende, vergebliche Suche nach einem Feuerzeug im Dickicht der Handtasche.

»Hast du wieder angefangen zu rauchen?«, fragte der Kellner, während er mir in der hohlen Hand ein brennendes Streichholz hinhielt.

»Danke … ja, seit meine Tochter ausgezogen ist.«

»Und wie geht es der Mama?«

»Wird langsam«, antwortete ich, er lächelte vage und ließ uns die Speisekarte da. Doch vor allem ließ er eine sehr beeindruckte Silvana zurück.

»Ich erinnere mich gar nicht mehr, dass es so nett war, dieses Lokal«, sagte sie. »Die Pizza ist bestimmt sehr gut.«

»Ich bin gar nicht mal sicher, ob sie so gut ist.«

»Aha, du bist nicht sicher?«, sagte sie mit einem langen Blick auf den knackigen Hintern des Kellners.

»Zum ersten Mal seit zwanzig Jahren spricht er mit mir, ungelogen. Heute.«

Hässlich bin ich nie gewesen, vielleicht ein knappes Jahr lang, kurz nachdem meine Mutter krank geworden war oder vielleicht weil meine Tochter mir eine leere Wohnung hinterlassen hatte; vielleicht waren es auch nur die Hormone, an die ich mich gewöhnen musste. Tatsache ist, dass ich sogar Silvana mit anderen Augen sah. Freundin seit jeher, Banknachbarin in der Abiturklasse, wo wir bis zum Umfallen die Münzen der römischen Kaiserzeit paukten. Silvana war reich und ich normal, meine Mutter konnte noch gehen, war klar im Geist und behütete unsere letzten Stunden als Gymnasiastinnen: Wir durften den Schlafanzug anbehalten, zerzaust zum Essen erscheinen und in einer endlosen rhythmischen Aufzählung weiter Daten und Namen verbinden, die ihr nichts sagten: *Tiberius / Caligula / Claudius und Nero. Galba-Otho-Vitellius. Vespasian / Titus und Domitian. Nerva / Trajan / Hadrian / Antoninus Pius / Marc Aurel, deine Mama tut die Parmesanrinde in die Pasta mit Kartoffeln rein?*

Bloß, dass meine Freundin Silvana, Freundin seit jeher, dann einen ganz anderen Weg eingeschlagen hatte. Sie war Anwältin in der Kanzlei ihres Vaters geworden, für Praktika in ihren Kanzleien und Praxen tauschten diese Eltern ihre Kinder untereinander wie die Karten auf ihren Bridgetischen, und war die Lehrzeit beendet und der Eintrag in die Rechtsanwaltsliste geschafft, gaben sie Klienten an ihre Kinder weiter, so wie sie ihnen an der Anlegestelle Marina Grande in Capri die Taue ihrer Yachten in die Hand gaben. Schließlich hatte Silvana einen berühmten Strafverteidiger geheiratet, und jetzt, mit fünfzig, tanzte ich zwar noch und sie nicht, aber sie hatte eine indonesische Masseuse, die dreimal in der Woche mit einer kleinen Klappliege zu ihr nach Hause kam und ihr die Beine knetete. Und ich hatte mich von meinem Mann getrennt, sie nicht von ihrem. Es stimmt zwar, dass ich meinen Mann nicht mehr ertragen hatte und dass es mir als eine extrem emanzipierte Tat erschienen war, mich von einem Mann abzuwenden, der am Tisch nicht mit Chilischoten in Berührung kommen wollte, weil er sich früher oder später die Augen gerieben und geweint hätte. Und der bunte Teller nicht ertrug. Und schwere Gabeln nicht, er wollte die leichten Gabeln, die leichten. Denn ein Mann ist eine Frage des Glaubens, und die Probleme fangen an, wenn du merkst, dass Gott nicht existiert.

Doch wer weiß, wo mein Exmann jetzt steckte, und ich hatte die Tochter allein großgezogen und war die Krücke meiner Mutter. Während Silvana mit ihrem Mann, der sie über alles liebte, diese Tochter Elisabetta hatte, die im Begriff war, einen Franzosen zu heiraten, berühmt »in der internationalen Welt des Films«, was im Grunde bedeutete, dass Silvana vergessen hatte, wo. Ich konnte nichts gegen Silvana sagen. Gar nichts. Denn wenn jemand vom Glück begünstigt und nicht mal arrogant ist – und Silvana war nicht arrogant –, kann man nichts gegen ihn sagen. Ich konnte mich nur unendlich viel älter und cellulitischer fühlen und auf die Ära der Münzen aus der römischen Kaiserzeit, die Ära der schulischen Wasserwaage, als eine durch und durch verlogene Zeit zurückblicken. Bei der nächsten Protestdemonstration würde ich die ab jetzt anzuwendenden Kriterien unmissverständlich erklären: Die Kinder der Einkommensgruppe mit Spitzensteuersatz, also fünfundfünfzigtausend und höher, müssen auf Privatschulen gehen, die Kinder der Normalen und die der Armen von der Einschulung an auf staatliche Schulen, um das Kastensystem zu bewahren.

»Lass doch, ich habe dich eingeladen.« Ein bisschen verärgert reichte ich dem Kellner einen Fünfzigeuroschein.

»Signora Giulia ist Stammgast, da kann ich nichts machen, tut mir leid«, sagte er, während seine Miene sich unter einem schneeweißen Lächeln erhellte, das seine Gesichtslandschaft veränderte, und nahm mir das Geld aus der Hand.

»Er weiß, wie du heißt …«

»Natürlich weiß er das, ich kenne seinen Namen doch auch.«

»Okay, dann verschwinde ich, bevor er mit dem Wechselgeld zurückkommt. Ich halte dich auf dem Laufenden, was den Fall Iodice betrifft. Ciao.«

Silvana drückte mir einen Kuss auf die Wange und verließ eilig die Pizzeria, während Cesare, der Kellner, mit dem Wechselgeld zurückkam.

Süditaliener essen spät zu Mittag, sehr spät, doch um 15.55 Uhr sind auch die Tische einer traditionsreichen Pizzeria im Zentrum alle leer. Der Pizzabäcker und sein Gehilfe am Ofen gucken sich eine Serie an, der Eigentümer schließt die Kasse und geht die erste Überweisung am Geldautomaten der Bankfiliale machen. Der Lieferjunge ruft, rückwärts auf dem Mofa sitzend, seine Freundin an. Wenn irgendein Deutscher, den das Nationalmuseum ausgespuckt hat, sehnsüchtig durch die Glastür blickt, schüttelt der Tellerwäscher den Kopf und macht mit den Händen das Zeichen einer Schiebetür. »*Closed*«, sagt er leise, alle Silben betonend, auch die, die nicht ausgesprochen werden.

Cesare brachte mir einen Kaffee, den ich nicht bestellt hatte, und setzte sich neben mich.

»Nimm eine von meinen roten, die gehört nach dem Essen dazu«, und er zündete sich seine Marlboro an.

»Meine Freundin hat sich gewundert, weil du bemerkt hast, dass ich wieder mit dem Rauchen angefangen habe.«

»Deine Freundin ist nett.«

»Sie ist Anwältin.«

»Aber du bist was anderes.«

»Ich bin Lehrerin.«

»Eine andere Liga, meine ich.«

»Eine viel schlechtere als sie …«

»Mach dich nicht über mich lustig, weil ich nicht reden kann, es ist so schon schwierig genug.«

»Was ist denn schwierig?«

»Dir zu sagen, dass du für mich eine Klassefrau bist, und je mehr Jahre vergehen, desto schöner wirst du.«

»Älter wolltest du sagen.«

»Nein, ich wollte sagen, dass du seit zwanzig Jahren herkommst, mit deinem Mann, mit deiner Tochter und dann mit deiner Mutter, und mir nie auch nur einen Centesimo Trinkgeld dagelassen hast, nie. Sogar deine Tochter hat mir Trinkgeld gegeben, als sie mit ihren Freundinnen hier war, du nie.«

»Entschuldige.«

»Kein Problem, aber sag mir, warum.«

»Der Brauch gefällt mir nicht, es ist Großtuerei.«

»Deine Mutter hat mir was anderes gesagt.«

»Meine Mutter?«

»Ja, deine Mutter ist hier zu Hause. Als es ihr noch gutging, kam sie allein her, und wir haben uns lange unterhalten, über dich natürlich, und sie sagte etwas anderes …«

»Dass ich geizig bin?«

»Nein, dass du überlegen sein willst.«

»So ein Quatsch, es geht genau ums Gegenteil. Ich gebe kein Trinkgeld, weil ich deine Arbeit respektiere, Gratifikationen sind ein bürgerliches Verhaltensmuster – aber wie kann sie es nur wagen … nein, also wirklich.«

»Warte, geh nicht weg, es ist nichts Schlimmes. Sie sagt, dass du so tust, als würdest du darüberstehen, weil du damit deine Verlegenheit überspielst.«

»Jetzt zum Beispiel bin ich verlegen und gehe.«

»Ich wollte dich nicht beleidigen, aber alle Kollegen hier wissen, dass mir bei dir das Blut zu Kopf steigt.«

Ich wedelte mit der linken Hand vor seinen Augen, fünf gespreizte Finger, wie ein verzweifelter Abschiedsgruß.

»Ich bin fünfzig, Cesare.«

»Ich auch. Sogar zweiundfünfzig. Darum erlaube ich mir … das hab ich mir noch nie erlaubt, du weißt es.«

»Aha, und was willst du von mir um vier Uhr nachmittags?«

»Dich nach Hause bringen.«

Und dann: jedem das Seine. Erlaubt ist, was gefällt. Friss oder stirb. Hauptsache, du bist glücklich … Jedes Versprechen ist eine Verpflichtung. Das Leben ist schön, weil es bunt ist. Gebt dem Kaiser, was des Kaisers ist. Die Hoffnung stirbt zuletzt. Lieber den Spatz in der Hand als die Taube auf dem Dach. Gut begonnen ist halb gewonnen.

Mittendrin fragte er mich: »Darf ich dir was sagen?«

Soweit ich mich erinnere, hatte ich es immer gemocht, wenn mir etwas gesagt wurde. In diesem Moment hätte er mir ohnehin jede beliebige Unanständigkeit sagen können: Das Feuer loderte schon so heftig, dass die Flammen sich kaum stärker ausgebreitet hätten, wenn man auch noch hineingeblasen hätte.

»Du vergisst es sowieso hinterher, stimmt's?«

»Na klar.«

»Ich liebe dich, Giulia, ich habe mich in dich verliebt.«

Tja, so stand es. Ich wusch mir die untere Hälfte in der Duschkabine, und hinter der Wand war ein Typ, dem meine Mutter zwanzig Jahre lang jede Woche, unabhängig vom

Wechselkurs, fünftausend Lire oder fünf Euro in die Brusttasche gesteckt hatte. In diesen zwanzig Jahren hatte der Typ insgesamt ein Dutzend halbfertiger, abgehackter Sätze direkt an mich gerichtet, ansonsten hatte ich ihn nur Zutaten aufzählen gehört. Manchmal hatte ich wahrscheinlich bloß durch Zeigen auf die Speisekarte bestellt, hatte nicht mal den Mund aufgemacht – schließlich war meine Mutter da. Derselbe Mann hatte mich gerade ein gutes Stündchen auf meinem ehemaligen Ehebett gefangen gehalten, und um der Luft Gewicht zu verleihen, die bereits von Ausdünstungen troff, hatte er sich einreden müssen, dass er mich liebte. Er hatte es mir sogar gesagt, im Rhythmus von Beckenstößen.

Vor dem Spiegel wischte ich mir die verschmierte Mascara mit Antifaltencreme weg (verschmiert vom Schweiß, bestimmt nicht von Tränen) und beschloss, was nun folgen musste: nie mehr in die Pizzeria gehen.

Doch während er mich mit der Vespa zu Mama fuhr, fühlte ich mich, hinter ihm und ohne Helm, immer noch genau am richtigen Platz. Ich drückte meine Stirn zwischen seine Schulterblätter, um zu spüren, wie Regen aufstieg und Moschus und Geruch nach waldigem Unterholz. Obwohl es heiß war und die Stadt wütend um uns herum zappelte und er fluchend in der falschen Richtung in Einbahnstraßen bog – in jede –, war ich einen Moment lang woanders, im weit entfernten Raum eines anderen Lebensalters.

»Nimm ihn mit auf die Feier.«

»Du spinnst wohl.«

»Giulia – Cesare, das perfekte Paar. Bring ihn mit zu Elisabettas Hochzeit.«

»Silvà, hast du sie noch alle? Ich weiß nicht mal, ob ich Mama irgendwo lassen kann. Am besten komme ich nur mit in die Kirche, was meinst du?«

»Ausgeschlossen. Es ist die Hochzeit meiner Tochter, und du bist meine beste Freundin. Was soll ich dir sagen, was möchtest du hören: Bring deine Mama mit?«

»Die käme gerne.«

»Das kann ich mir denken, aber ich will dich und den Kellner.«

»Und ich habe beschlossen, nie mehr in die Pizzeria zu gehen.«

»Du musst nicht in die Pizzeria gehen, lad ihn nach Nerano ein.«

»Er wird niemals mitkommen.«

»Wenn du ihn nicht fragst, wird er niemals mitkommen.«

»Er ist verheiratet.«

»Du bringst deine Mutter unter, er bringt seine Frau unter. Jeder hat sein Päckchen zu tragen. Elisabetta wird sich wahnsinnig freuen.«

»Ja, einen Kellner mehr zu haben.«

»Giulia, von allen Frauen, die ich kenne, bist du der größte Snob.«

»Von all denen, die sich schadlos gehalten haben, meinst du?«

»Die, die sich schadlos halten, geben vorher zu, dass sie es brauchen.«

»Kein großer Fortschritt, finde ich, zuzugeben, dass man vögeln muss.«

»Du hast schon mit ihm gevögelt. Tja, und du brauchst es, weil es dir gefallen hat. Ob du willst oder nicht.«

Kann man wegen eines Ficks wiederauferstehen? Nein, vor allem, weil ich nicht an die Auferstehung glaube. Mir erscheint das wie Schinderei, lieber nicht. Außerdem käme es mir unmoralisch vor, nachdem ich viele hundert Mädchen dazu gezwungen habe, sich als Ferienlektüre Carla Lonzis *Sputiamo su Hegel* (»Spucken wir auf Hegel«) über die klitorische und die vaginale Frau vorzunehmen. Doch die Wahrheit ist, dass ich mich, als ich an diesem Abend im Bett lag, um alles zu verjubeln, was meine Tochter an Rauchbarem dagelassen hatte, tatsächlich wie ein anderer Mensch fühlte. Wie jemand, dem es gutgeht.

Und was soll ich jetzt erzählen? Dass ich keinen Fuß mehr in die Pizzeria gesetzt habe, dass wir uns nie wieder gesehen haben und ich diese Geschichte ins Album für Fotos aus längst vergangenen Zeiten geklebt habe?

Stattdessen sind wir zusammen zu Elisabettas Hochzeit gefahren. Mit der Vespa, denn es ist nicht weit, aber auch nicht um die Ecke. Und anfangs fühlte ich mich zurückversetzt in jene Sommer mit dem Jungen aus der naturwissenschaftlichen Oberstufe, als wir über Landstraßen in den Cilento fuhren. Natürlich war mir in all diesen Kurven ein bisschen mulmig, aber der September war so herrlich und die Landschaft Kampaniens so schön, dass ich dachte: *Na gut, immer noch besser, sich hier einen Knöchel zu brechen, als auf den holprigen Pflastersteinen in Neapel, oder?* Und mein anderes Ich, für das die Erklärung gedacht war, nickte eifrig mit dem Kopf: *Stimmt!*

Bevor wir zum Meer hinunterfuhren, hielten wir an, um einen Kaffee in einer schäbigen Kaffeebar zu trinken, die man niemals wenige Kilometer vor der schönsten Bucht der Küste vermutet hätte, und die unprofessionelle Art der Frau hinter der Theke machte die Kaffeepause sofort romantisch. Es war der Moment, als ich deutlich wahrnahm, dass ich nicht auf dem Motorrad meines Schulfreundes saß, denn ich spürte meine verkrampften Hinterbacken, die Lendenwirbelsäule und die untersten Wirbel gleichzeitig und dachte, *Na toll, jetzt krieg ich auch noch einen Hexenschuss.*

Alle Hochzeitsgäste waren in Weiß gekleidet. Alle, außer der Braut, die es schon wusste, und uns, die wir es mitnichten wussten.

Auch der Bräutigam war in Weiß, vor allem der, er hatte sich den Anzug nämlich von Ridley Scotts Kostümbildner schneidern lassen, und Ridley selbst hatte ihm das Ding während der Drehpausen auf den Kanaren entworfen.

»Habe ich richtig verstanden, der Bräutigam ist Franzose?«, fragte mich Cesare.

»Genau.«

»Warum ist er dann als Samurai gekleidet?« – und das war das Letzte, was an diesem Tisch auf Italienisch gesprochen wurde, denn man hatte uns ausgerechnet zu den Verwandten des Bräutigams gesellt, die aus Arles kamen.

Hässlich bin ich nie gewesen, na ja, vielleicht bei meiner Hochzeit, über die ich nicht mal Zeit hatte nachzudenken, als ich mit der Kleinen im Bauch und entschieden auf Krawall gebürstet im Bezirksamt auf den Standesbeamten zugesteuert war. Doch hier und jetzt, sieh mal einer an: Wie Cesare auf Französisch von Neapels Schutzheiligem erzählt, den man geköpft hatte wie seine Stadt, und wie die Verwandten aus Arles ihm hingerissen lauschen, während ich nicht mal versuche zu verstehen, was er sagt, und nur die Ortsnamen aufschnappe.

Silvanas konspirativer Blick hätte mir gutgetan, aber sie versuchte gerade, konzentriert und ganz in Weiß, den Rhythmus der Kellner am Büfett zu beschleunigen, damit die Gäste nicht Schlange stehen mussten. Also ging ich, auf Esperanto lächelnd, zu ihr auf die Kommandostation.

»Möchtest du eine Trommel?«

»Was soll ich damit?«

»Um dem Personal einen Takt vorzugeben, auf den Galeeren hat das doch auch funktioniert, oder?«

Eine Trommel gab es wirklich, denn statt des Streichquartetts hatte das Brautpaar eine städtische Ethnopop-Gruppe gewollt, und dort stieß Cesare zu mir und fragte, ob ich tanzen wollte.

Tanzen. Während die anderen beim Dessert saßen. Während niemand tanzte.

»Nein, das ist mir peinlich.«

»Du gehst doch jede Woche tanzen.«

»Na gut, aber ich kann nur Tango.«

»Dann wollen wir mal sehen, ob diese vier Luschen einen Tango spielen können.«

Sie willigten in ein einziges Stück ein, und wir tanzten als Einzige.

»Du musst führen«, sagte er, »ich kann nicht tanzen.«

Und ich führte, spiegelverkehrt. Wenn man mich fragt, ob wir gut waren: Nein, das waren wir nicht. Wenn man mich fragt, ob jemand merkte, dass wir nicht gut waren: Nein, niemand merkte es. Alle sahen uns zu, die Gabeln auf halber Höhe zum Mund schwebend, die Oberkörper zwischen dem Büfett und den Spielern um neunzig Grad gedreht, die Sektgläser über der Tischmitte zu einem reglosen Prosit zusammengeführt. Es ging sogar umgekehrt, er rückwärts und ich vorwärts, ich nur auf dem Absatz und mit der Schulter, die führte, es klappte wirklich: Sie belohnten uns mit einem langen Applaus, und Elisabetta, glücklich bei ihrem dritten Kleiderwechsel angelangt, kam, um uns zu küssen. Dann legte die Band mit ihrem Ethnofolk-Repertoire los, und als das Eis serviert wurde, stürzten alle auf den Rasen und tanzten barfuß, Volkstänze nachahmend, worauf Cesare bemerkte:

»Neapel ist voller Anwaltstöchter, die Kastagnetten spielen können.«

Dann zogen wir uns aufs Zimmer zurück. Als wir ins Gebäude eintraten, stießen wir auf einen betrunkenen Chefarzt, der in einer Topfpflanze sein Bestes von sich gegeben hatte, und ein Zimmermädchen, das mit Wasser und Ammoniak versuchte, ihre Arbeit und das arme Gewächs zu retten.

Am nächsten Morgen schliefen alle. Manche wälzten sich noch in ihren Magensäften, andere wachten neben einem Menschen auf, vor dem sie in einem Theaterfoyer auf die Ränge geflohen wären, das Programmheft schützend vorm Gesicht. In allen Betten waren die Kopfkissen verdreckt, die Falten der Frauen waren tiefer als die Furchen, die der Pflug durch die zwei Meilen entfernten Weinberge im Hinterland zog. Die Herzen der Männer drohten unter dem Druck von Alkohol und Viagra zu zerspringen. Kurzatmig rief jemand unbeholfen nach einem doppelten Espresso, jemand anderes versuchte es mit der Bier-Theorie. Die Franzosen verbrauchten ihren Vorrat an Alka-Selzer. Aber das alles rekonstruierten wir erst lange nach Mittag. Vorher, um neun, hatte ich beim Aufwachen das Bett leer vorgefunden. Cesare stand draußen auf der Veranda und betrachtete das Meer. In seinem Rücken empfingen mich der Duft des Jasmins und der seiner Haut. Er war schon rasiert und dunkel in seinem hellen Hemd.

»Duftet Jasmin nicht nur nachts?«

»Das ist spanischer Jasmin, siehst du? Seine Blüten sind kleiner und robuster.«

»Woher weißt du das?«

»Meine Mutter hat es mir gesagt. Wie geht es eigentlich deiner Mutter?«

»Weißt du, was sie dem Kardiologen gesagt hat, der ihr einen Bypass legen will?«

»…«

»Sie hat gesagt: ›Dottore, vor dem Tod habe ich keine Angst. Ich habe Angst vor Ihnen.‹«

Als wir zum Frühstück hinuntergingen, waren die Böden aus blauen und gelben Vietri-Fliesen noch feucht vom Wischen. Wir baten um Entschuldigung, während wir dicht an der Fußbodenleiste entlangschlichen, um die Arbeit der Angestellten nicht zu ruinieren. Cesare nahm unsere Kaffeetassen, stapelte sie übereinander und trug sie an den Strand.

»Gehen wir ins Wasser?«, fragte ich.

»Nein, ich habe keine Lust, aber geh nur, ich sehe dir zu.«

Also stieg ich fröstelnd in das glasklare, morgendliche Wasser, doch nach ein paar Minuten schwamm ich schon und fror nicht mehr. Immer wenn ich auftauchte, sah ich die Schiffe langsam am Horizont fahren. Ich schwamm darauf zu und spürte mit jedem Meter deutlicher, dass das Wasser mich leichter machte und trug. Der letzte Ausläufer des Strandes zog am Horizont eine gerade Linie bis zu den Felsen der nächsten Bucht – weiterschwimmen hätte bedeutet, aus der Bucht heraus einen Bogen ins offene Meer zu machen. Ich aber blieb und drehte mich genau auf dieser Linie mit ausgebreiteten Armen auf den Rücken. Langsam versanken meine Beine und mein Kopf bis zu den Schläfen. Die Sonne stieg höher, ich schloss die Augen und blieb so liegen, vollkommen schwerelos. Und entdeckte, dass es uns allen leichtfällt, bei einem Fest dabei zu sein, aber wichtiger ist, wie man sich am nächsten Tag fühlt.

DIE AUSGESETZTEN

*Die Huren kommen eher
in das Reich Gottes.*

Matthäus 21,31

Wie immer, bevor das Spiel im Stadio San Paolo begann,
wuchs die reglose Stille, die ihnen allen vertraut war, in der Er-
wartung, in der Verwunderung. Sie kam von außen, stieg auf,
überwand die Tuffsteinmauer und bohrte sich durch den hei-
ligen Sebastian auf dem Fresko dort im Eingangsbogen, wie
einer der Pfeile, die ihn durchbohrten. Die Äbtissin und ihre
Mitschwestern hörten das Nahen des Spiels über die vierhun-
dert Jahre alten rutschigen Stufen zu ihnen heraufkommen,
herauf in den feuchten Kreuzgang. Die Stadt vergaß ihren
Kummer, und die Spannung drang bis hinein in die Zellen.
Niemand klopfte jetzt ans Kloster, um Almosen zu geben oder
zu beten. Nicht einmal mehr das Auspuffknattern klappriger
Motorroller, die über den Basalt der uralten Straße hüpften,
nicht einmal diese entfernten Geräusche, die zeigten, dass sie
wirklich dort draußen war: die ganze Stadt, mit allem, was da-
zugehörte.

Seit zwanzig Jahren hatte die Äbtissin, eingebettet in ihre
Klausur, die Stadt nicht mehr gesehen. Ein paar Bilder hatte
sie aus dem Taxifenster erhascht, auf der Fahrt ins Krankenhaus, wenn das Krankenhaus nicht zu ihr kommen konnte,
oder auf dem Weg zur Autobahn, wenn sie zu geistlichen
Exerzitien ins Klarissenkloster nach Assisi fuhren. Dennoch

sah die Äbtissin die ganze Stadt vor sich. Sie hörte, wie sie sich um sie herum bewegte, durch die Gassen mit ihrem Geruch nach Wäschebleiche, die weit geöffneten Türflügel der Erdgeschosswohnungen wie aufgerissene Münder im Gesicht der erdbebenzerrütteten Gebäude. Die Äbtissin sah und erinnerte sich, und ein bisschen reimte sie sich mit Hilfe des Internets zusammen, denn wenn Gott beschlossen hatte, es bis hierhinein zu schicken, musste er einen Grund gehabt haben. Darum lächelte die Äbtissin.

Sie hatte sich erst spät in die Klausur zurückgezogen, mit zwanzig, jetzt war sie vierzig. Nun entsprachen sich die Jahre ihres zweifachen Lebens und schlossen sich zusammen wie die beiden Teile der Bibel. Ihr halbes Leben lang war sie Silvia gewesen, die andere Hälfte Madre Pia. In der ersten Hälfte dieses Buches hatte sie in Ravello gelebt und war in Amalfi aufs Gymnasium gegangen, dann hatte sie sich mit Leib und Seele der rhythmischen Gymnastik hingegeben. Immer wenn Silvia ihre Sehnen dehnte, eine Keule schwang, die Auftaktnote hörte, war sie ganz Körper. Der Geist war da, aber zunächst hatte er zum Trainieren gedient. Danach schloss sie ihn aus: Nur ihre angespannte Fußfessel durfte sie spüren und spürte nur diese, sie spürte und war ihre Rückenmuskeln, die sich beugten, die Oberschenkelstrecker, die sich dehnten. Während der Übungen beobachtete sie ihre Kameradinnen nicht, das brauchte sie nicht. Perfektion und Verzauberung entstanden von selbst auf dem Viereck, so wie es gewesen sein musste, als das Universum nach der Schöpfung explodiert war. Jeder Stern an seinem Platz, um Konstellationen zu bilden, und sie war einer davon. Denn sie war intelligent, und in Ravello wimmelte es das ganze Jahr über von Künstlern und Fremden, ständig kamen neue Schüler in ihre Klasse, die dann bald wieder gingen, Söhne eines persischen Schahs oder eines Hollywoodschauspielers. Sodass auch die Religion nicht nur eine war, ja, viele glaubten überhaupt nicht an Gott. Silvia sammelte all diese Versionen für sich ein und baute sie wieder zusammen und hatte sich Gott als den unbewegten Motor vorgestellt, der die Energie für den Big Bang lieferte, geradeso, wie sie ihr Mofa in Gang setzen musste, wenn sie damit in Richtung Atrani zur Küstenstraße hinunterfahren wollte. Darum konnte sie jetzt auch im Radio die Perfektion eines Torschusses erkennen und im Kloster einen Motorroller an seinem Auspuff. Dafür genügten die Augen des Geistes und des Herzens.

Doch als sie zwanzig war, da geschah es, gerade schaltete sie in der letzten Kurve von Pontone herunter, dass Jesus sie rief. Wirklich Jesus, nicht die Bäume oder Gott oder die Jungfrau Maria, nein, nein: Jesus selbst. Sicher, da waren die Bäume und Gott hinter den Wolken und die an der Küstenstraße steil abfallenden Felsen, doch Jesus rief sie von einem anderen Ort: aus ihrem eigenen Körper. Ihr zersprang die Brust in einer Atemnot, die Freude war, aber so groß, so groß, dass sie anhalten musste, um sie genau zu betrachten. Und Silvia stand unter der Mittelmeerpinie, neben dem Motorroller, den Helm noch auf dem Kopf, und betrachtete die Freude, die sie vor sich hatte. Ja, da war das Kreuz auf dem Felsvorsprung, aber es war nicht das Zeichen. Das Zeichen war im Magenmund, es ergriff ihr Herz, ihren Bauch und ihre Brust gleichzeitig, und weil sie schon zwanzig Jahre gelebt und so etwas schon einmal empfunden hatte – nicht so stark, aber es war genau das gleiche Gefühl gewesen –, musste sie es sich eingestehen: Sie hatte

sich verliebt. Und während sie es zugab, lachte sie, ganz aufgelöst vor Glück, und blickte in den Rückspiegel, ob sie noch
dieselbe war, noch immer mit dem Helm auf dem Kopf, und
wirklich, da war sie.

Das Leben zeigte sich immer und mit ihm die Stadt: in der
Stille und im Lärm. Genau das war das Kloster, aber die
Schwestern verstanden es nicht, diese Schwestern, die sich immer um die Leben anderer herum verausgabten: am Bahnhof
für die Flüchtlinge, an den Tafeln für die Armen, und ein an-
dauerndes Kommen und Gehen von Kleidungsstücken auf
den Straßen, in den Kirchen, wo sie alte Sachen flickten, in
den Missionen und in den Flugzeugen neben dem Papst.
Woher nahmen sie eigentlich die Zeit fürs Gebet, diese Nonnen? Dabei genügte es doch, still am Brunnen im Kreuzgang
zu sitzen und das Leben des Papyrus dort zu betrachten, mit
seinen Blättern, um den täglichen Brief von Jesus zu finden,
das Unterpfand seiner Liebe, dort hinterlegt, um gelesen zu
werden.

Oder nicht einmal das, denn etwas war anders an Jesus im
Vergleich zu jedem beliebigen anderen Mann, den Madre Pia
lieben und von dem sie wiedergeliebt werden konnte (Silvia
war eine neugierige Frau gewesen, sie hatte Ravello unvorein-
genommen von allen Seiten erforscht und einen Verliebten
zurückgelassen); wirklich anders an ihm war, dass er sie geschaffen hatte und darum in jedem Molekül das Begehren
nach ihm wecken konnte. Sie in jeder Faser ihres Körpers er-
reichen und mit den richtigen Worten verführen konnte, solchen, die nicht mal fünfzig Jahre Eheleben stiften können, die
nicht mal eine Mutter für ihr Kind so prompt zur Verfügung

hat. Es war die perfekte Liebe und das Kloster ihr Braut-
gemach.

Natürlich muss das Bett gepflegt und freigehalten werden,
doch weil in der Liebe gewinnt, wer sich rarmacht, wurden
die Äbtissin und ihre Mitschwestern, je mehr sie sich ab-
schirmten, zu einem umso größeren Magneten für das Leben.
Je hartnäckiger sie ihre anachronistische Klausur verteidigten,
desto heftiger drängte die Welt, ja, die Welt, zu ihnen herein,
wollte die Schwelle übertreten. Also hatte die Äbtissin beschlossen, dass die Welt empfangen werden musste, ohne ihr
falsche Hoffnungen zu machen, und hatte es den Mitschwestern erklärt. Ein bisschen Facebook durfte sein, aber nur die
offizielle Seite, keine privaten Profile. Touristen durften die
Kirche San Sebastiano besichtigen, einverstanden, einmal in
der Woche. Denn dann sahen die Touristen das Rad, das den
Durchmesser eines Serviertellers hatte, und fragten:

»Und hier legte man die ausgesetzten Kinder ab?«

»Ja, Signora, in Stücken.«

»Entschuldigung, Schwester, wie darf ich das verstehen?«

»Haben Sie schon mal ein Neugeborenes gesehen?«

»Ich habe zwei Kinder.«

»Meinen Sie, dass Ihre neugeborenen Kinder auf dieses Rad
passen würden? Bei den vielen Speichen?«

»Haha, Sie haben recht.«

»Wir sind übrigens Nonnen, keine Schwestern.«

»Haha, Sie haben recht.«

Die Frau des Ministerpräsidenten, die eine so großzügige
Schenkung gemacht hatte, dass *Der heilige Georg mit dem Dra-*
chen endlich restauriert werden konnte, die natürlich. Und der
Anwalt Paolucci, der eine so großzügige Schenkung gemacht

hatte, dass er endlich auch sein Gewissen restaurieren konnte. Der auch. Und der marxistisch-leninistische Restaurator, ein Frauenliebhaber, der manchmal aufs Klo musste. Notgedrungen. Und der Mann für die Wartungsarbeiten, der sich in ein Mädchen verliebt hatte, und jetzt wollte er sogar heiraten und hatte einen Antrag gestellt, ob er eine kleine Wohnung im Gästehaus beziehen könnte. Vielleicht. Aber Jesus wusste, was er tat, wenn die Welt sich eines Abends sogar in Gestalt von Dieben in der Kirche eingestellt hatte, die über die Inkunabeln aus dem 16. Jahrhundert in der Bibliothek gut informiert waren, und Gott sei Dank hatte der Wartungsarbeiter noch dagestanden, um über die Sache mit der Wohnung zu sprechen. Wenigstens hatten sie unter den Fenstern entlangschleichen können – die Äbtissin, um die Polizei zu rufen, und der Arbeiter, um das Licht in den oberen Stockwerken anzuschalten, in der Hoffnung, die Diebe damit in die Flucht zu schlagen. Und am Tag darauf war er dann in jede Kellerwohnung gegangen und hatte an alle Haustüren geklopft und die Bewohner des Viertels einen nach dem anderen bedroht, denn irgendwer musste doch was wissen, oder?

Und zuletzt hatte die Welt auf der Westterrasse ihr Nest gebaut, dort, wo die Schwestern die Wäsche aufhängten oder im Sommer, nach der Abendandacht, zusahen, wie die Sonne hinter San Martino unterging. Einfach so, nur mit der Haube auf dem Kopf und einem Habit aus leichtem Stoff am Leib.

Die Welt hatte sich in Gestalt eines Möwennests auf der Terrasse niedergelassen. Und die Bibliothekarin hatte einen Jungvogel, von seinen Eltern offenbar verstoßen, behutsam päppeln müssen, indem sie ihm Hackfleisch mit einer Pinzette hinhielt. Doch eines Tages, an dem es nach Regen aussah, waren die großen Möwen im kreisenden Tiefflug und laut kreischend zurückgekehrt. Die Mutter, riesenhaft aus der Nähe, ihr harter, krummer Schnabel blutbefleckt von wer weiß welchem Fraß, hatte den Kleinen von der Terrasse gestoßen. So war der Kleine geflogen. Und in jener Nacht war es gewesen, als es bei strömendem Regen, zwischen Bächlein, die die Straßen hinabgurgelten, und Tuffsteinmauern, die das Wasser aufsaugten, geklingelt hatte. Hundertmal, tausendmal um drei Uhr nachts, wenn für die älteste der Nonnen schon der neue Tag anbrach. Die Alte hatte an der Sprechanlage geantwortet, und jetzt hatte Jesus wirklich übertrieben.

Vor ihnen stand die Freiwillige der Comunità di Sant'Egidio, die sie gut kannten, und auf dem Rücken trug sie ein schmächtiges, mageres Mädchen, blond, fast weißhaarig: Wäre es nicht in eine Decke gewickelt gewesen, hätten sie es nicht einmal gesehen. Und vielleicht sahen sie es auch nur im Gegenlicht.

»Sie muss heute Nacht versteckt werden. Könnt Ihr sie aufnehmen, Mutter Oberin?«

»Natürlich.«

»Morgen ruft Euch Don Varlese an. Er lässt Euch grüßen.«

Der erste Raum im Haus, der erste Ort im Kloster, das erste Zimmer der Welt, in die sie sie brachten, war die Küche. Dort machten die Nonnen sich eifrig am gusseisernen Ofen zu schaffen, aber auch an den Heizungen, und als sich das Mädchen auf die lange Bank setzte und aus der Decke wickelte, sahen sie, dass sie schwanger war. Also holten sie Kissen und warme Strümpfe und eine Steppdecke und den Kräutersud der alten Nonne, und alle lächelten. Doch das Mädchen lächelte nicht, sie sagte Danke, kurzatmig und mit fremdem

Akzent. Vielleicht war sie noch auf die Anstrengung konzentriert, spürte nach und nach, wie die Eiseskälte der Wärme wich. Sie streckte sich auf der Bank aus.

Die Äbtissin entließ die anderen, nahm die Füße des Mädchens zwischen ihre Hände, legte sie auf ihren Schoß und wärmte sie.

»In welchem Monat bist du? Monat, Kind, wie viel? Sieben?« Sie zeigte die Zahl mit den Fingern.

»Acht.«

»Und sie schicken dich immer noch auf die Straße, meine Tochter?«

Das Mädchen schloss die Augen, und da erzählte die Äbtissin ihr eine Geschichte.

»Weißt du, ich erkenne die Männer an ihren Schuhen. Sie kündigen sich über die Gegensprechanlage an, wie es bei dir war, die Schwester legt ihnen die Schlüssel zum Sprechzimmer auf das Rad, und sie öffnen die Tür von außen, während ich mich hinter das vergitterte Fenster setze. Die Fensterflügel lasse ich aber geöffnet, dann warte ich. Ich höre, wie sich der Schlüssel im Schloss dreht, sie kommen herein, und von meinem Platz aus sehe ich als Erstes die Schuhe. Dann weiß ich schon, wer kommt, und ich irre mich nie, denn Männer wechseln ihre Schuhe nicht. Auch die Reichen nicht, die Politiker, Anwälte, die Baulöwen. Und wenn sie sie ersetzen, dann durch ein Paar gleicher Schuhe. Sie kommen hier herein und sehen eine Meerjungfrau, eine nur aus Oberkörper bestehende Frau, die sie niemals bekommen werden und die niemals in die Welt hinausgehen wird, um ihre Schandtaten weiterzuerzählen. Also sagen sie alles, wirklich alles. Kannst du dir das vorstellen? Sie wissen genau, dass ich ihnen weder die Beichte abnehmen noch die Absolution erteilen kann, und trotzdem kommen sie zu mir. Hierher, wo ich lächele und ihnen in die Augen sehe. Sie lassen mir ihren Dreck auf dem Marmorboden, in den ein weitblickender Mensch vor fünfhundert Jahren ECCE HOMO graviert hat, und dann gehen sie wieder. Sie schließen die Tür ab und legen den Schlüssel zurück aufs Rad. Dies ist ein Kloster des neuen Jahrtausends, der Restaurator steigt vom Gerüst und geht auf die Toilette, und ich begrüße die Touristen mit einem Händedruck – dieses Ritual mit dem Schlüssel wäre im Grunde nicht mehr nötig. Man rät uns dazu, ja, aber ich selbst würde keine so großen Umstände machen. Wenn es nicht so wäre, dass sie gerade dieses Ritual lieben. Am meisten gefällt den Männern nämlich, dass sie mich hinterher wieder einschließen können, zusammen mit ihrem Dreck. Also lasse ich sie gewähren, denn nur so kann ich ihnen vergeben: Wenn ich ihre Schwächen kenne und sie trotzdem machen lasse. Wenn ich ihre Armseligkeit sehe und sie ihnen nicht einmal zu erkennen gebe. Nur so kann ich für sie beten.

Und die Priester? Wollen wir über die Priester sprechen? Die die Beichte hören und Absolution erteilen können? Auch bei denen kannst du dich auf was gefasst machen. Als wir sie für geistliche Exerzitien hierhatten, haben die Schwestern ihnen das Mittagessen gekocht und serviert, aber nicht mal nach dem Essen haben sie ihren Hintern hochgekriegt.

›Padre Carmine‹, habe ich zum Vikar gesagt, ›stehen Eure Priester hier vielleicht am Altar, wo ihnen gedient werden muss? Bis das Gegenteil bewiesen wird, ist das hier immer noch ein Refektorium. Jeder bringt seinen Teller in die Küche und wäscht ihn selbst ab. Meine Güte, das weiß doch jedes Kind!‹

Und ihr oberster Chef, der Kardinal ... ach nee, lassen wir das lieber.«

Und als die Äbtissin verstummte und sich dem Mädchen zuwandte, war es schon eingeschlafen. Sie war noch kleiner als das kleine Wesen, das in ihr lebte. Die Äbtissin deckte sie zu, ging zur Morgenandacht, dann besprach sie sich mit der Bibliothekarin.

»Sie hat deine Größe, du musst ihr dein Habit geben. Und wir stellen ein Bett in deine Zelle, sie soll bei dir schlafen.«

»Da wäre das Gästehaus, Mutter Oberin.«

»Nein, es ist besser, wenn sie Gesellschaft hat. Sie ist so unschuldig, so hilflos.«

»Unschuldig?«

»Unschuldig.«

Denn das Mädchen wusste nichts von der Welt und hatte weder Zeit noch Augen gehabt, um sich die Welt vorzustellen.

Sie kannte nur die Nacht, die lange Straße voller Schlaglöcher, die Müllhalde, das Feuer. Sie kannte das Auto, das langsamer fährt, das Fenster, das heruntergelassen wird, den Schwanz, der auf sie pisst und dann verschwinden wird, von der Straße verschluckt. Sie kennt den, der ihr sagt, dass sie den Mund aufmachen soll, damit er hineinspuckt, sie kennt die Gruppenvergewaltigung, die nur am Anfang Angst macht, nach ein paar Minuten löst sie sich von sich selbst und ist nichts mehr. Sie denkt: *Jetzt sterbe ich*, und es ist kein schlimmer Gedanke. Denn so stirbt ihr Kopf, und es bleibt nur ein Loch, und ein Loch ist nicht nichts. Die Schläge aber tun immer weh, immer, auch wenn sie zu einem Haufen Lumpen wird, wenn die Männer ihre Schuhe an ihr abtreten – auch das macht der Kopf, sie hört auf, sich zu widersetzen, und auf einmal ist sie dem, der sie verletzt, dankbar. *Wenn ich ein Lumpen bin*, sagt der Kopf, *brauche ich, um zu existieren, jemanden, der seine Schuhe an mir abputzt.* Die Schläge aber tun weh, immer, bis sie ohnmächtig wird. Außerdem weiß das Mädchen, dass es sich mit den Händen am Kofferraum festhielt, während der Mann ihn ihr in den Arsch steckte. Er stieß, und sie passte auf, dass ihr Bauch nicht gegen das Auto prallte, bis er kam und sich gleichzeitig zurückzog. Sie hat sich das Kondom aus dem Hintern geholt, denn es war dort hängen geblieben, und während er kotzte, wer weiß, warum er kotzte, ist sie durch die schwarze Nacht gegangen. Einen Schritt vor den anderen, bis der Regen eingesetzt hat und sie in eine Bar gegangen ist. In der Bar waren viele Menschen, also hat die Frau an der Kasse sie ins Hinterzimmer geführt und ihr einen Cappuccino gemacht.

»Wenn du nicht sofort von hier verschwindest, kriege ich Ärger«, hat sie gesagt. »Musst du Pipi machen? In welchem Monat bist du? Bauch? Wie viel?«

»Acht.«

»Hast du Papiere, Mädchen? Pa-pie-re?«

»Nein.«

Also hat die Frau eine Nummer gewählt und am Telefon gesagt:

»Was soll ich machen? Ich kann sie nicht hierbehalten, wenn sie das Mädchen finden, bringen sie es um, und meine Bar wird geschlossen … Ja. Nein. Im Bauch hat sie ihren Ausweis: Sie ist im achten Monat.«

Das alles wusste das Mädchen, und nichts vom Rest der Welt, während sie auf der Bank ausruhte. Und das wusste die Äbtissin, das wussten ihre Mitschwestern und die Barfrau und die freiwillige Gemeindehelferin. Jede wusste nur einen Teil, hatte einen Verdacht, eine Vorstellung, aber jede wusste es irgendwo und irgendwie in ihrem eigenen Leben, in der Haut und im Körper, im Nordwind, der Hitze, dem Licht und der Nacht.

In den nächsten Tagen kehrte ein wenig Farbe in die Wangen des Mädchens zurück, dann zu viel, also nahm die älteste Nonne den Blutdruckmesser und maß, morgens und abends. Niemand fragte, ob sie katholisch war oder zur Kommunion gehen oder einen Priester für die Beichte haben wollte. Stattdessen fragten sie, ob ihr kalt oder warm sei, ob sie noch Hunger habe, ob sie regelmäßig auf die Toilette ging. Ob sie jemanden anrufen wollte, aber sie sagte immer nein. Eine Nonne brachte ihr bei, mit Vor- und Nachnamen zu unterschreiben. Die Äbtissin suchte im Internet nach Informationen und besorgte sich Folsäure.

»Vielleicht ist es schon zu spät.« Sie sprach ihre Befürchtung laut aus.

»Es ist nicht zu spät, keine Sorge«, tröstete die Schwester Organistin sie. Dann nahm sie das Mädchen mit hinunter in die Kirche, wo sie selbst Lautsprecher und Verstärker installiert hatte. Sie spielte nämlich bei der Sonntagsmesse hinter dem Gitter der Klausur und war mit der Klangqualität nicht zufrieden gewesen.

»Jetzt hör zu … Moment, jetzt hör mal!«

Das Mädchen saß stumm auf der Kirchenbank, die Hände unter dem Bauch. Die Nonne spielte eine Toccata und Fuge in d-Moll, und ihr linker Fuß flog so schnell über die Pedale, dass es aussah, als vollführte sie einen Stepptanz.

»Hey, hey!«, rief sie ihr fast schreiend zu, während sie weiterspielte. »Das ist eine Hammond B3, eine Orgel aus den fünfziger Jahren.«

Als die Äbtissin kam, rechtfertigte sich die Organistin: »Es ist für das Kind, ehrwürdige Mutter ... es tut ihm gut. Du selbst hast uns das gestern Nacht aus dem Internet vorgelesen.«

»Aber ich meinte klassische Musik, nicht Bach in Bebop-Version.«

»Mutter Oberin, wenn Gott uns den Jazz geschickt hat, wird er einen Grund dafür haben.«

Während einer Improvisation über *Swing the Blondes* fing das Mädchen an, sich zu krümmen, und sie beschlossen, den Krankenwagen zu rufen. Doch das Mädchen warf sich auf den Boden, klammerte sich an die Nonne und flehte sie in wer weiß welcher Sprache an.

»Nicht Krankenhaus«, nur das verstand man. »Nicht.«

Und dann: »Ich bitte dich.«

Da litt die Mutter Oberin. Zum ersten Mal nach zwanzig Jahren Klausur erlitt sie den Zorn und die Ungerechtigkeit und den tauben Schmerz der Unterwerfung. Sie sah das Mädchen allein, mit diesem Bauch, in den schlammigen Pfützen der Via Domiziana: auf Knien, wie jetzt, wie sie *Nicht* sagte und *Ich bitte dich* flehte. Und was sie empfand, war nicht der Zorn, den der Kardinal manchmal in ihr erregte, der verflog sofort und den konnte sie verstehen. Es war etwas anderes, es gehörte einer Zeit an, als der Zorn die Triebkraft ihrer Entscheidungen gewesen war.

»Na gut, dann nicht«, sagte sie vor den entsetzten Mitschwestern, die dachten: *Wieso nicht? Und wenn sie hier stirbt?*

Was wissen wir schon darüber? Wieso nicht, Mutter Oberin, warum nicht? Kann man so was denn auch übers Internet machen?

»Sagt dem Wartungsmann, er soll Doktor Antonio Ravasi anrufen, wir sind zusammen zur Schule gegangen, er ist vertrauenswürdig.«

»Wohnt er in der Stadt?«

»Er wohnt in Chiaia, er ist Gynäkologe, und auf Facebook ist er ein Freund des Klosters.«

Wenn Kinder geboren werden, sind sie nackt. Das dachte die Äbtissin um Mitternacht, nachdem der Arzt die Nabelschnur verknotet und ihr das Neugeborene in den Arm gelegt hatte. *Wenn ich ein Kloster trage, werde ich auch ein Neugeborenes tragen*, dachte Madre Pia, deren Mutterinstinkt nie besonders ausgeprägt gewesen war.

»Ist das Kind gesund?«, fragten die Schwestern abwechselnd an der Zellentür der Mutter Oberin.

»Hört man das nicht?«

Man hörte es tatsächlich.

Als das Baby endlich an der Brust der Mutter saugte, die Schwestern alles saubergemacht und die Älteren sich mit ihrem Rosenkranz ins Bett gelegt hatten, nahm der Arzt die Äbtissin beiseite und sprach mit ihr:

»Hör zu, Silvia, mal abgesehen davon, dass man herausfinden müsste, welche Krankheiten dieses Mädchen hat, da sie gar nichts weiß, sie wusste nicht mal, in welchem Monat sie war, im achten hat sie gesagt, dabei stand die Geburt kurz bevor. Abgesehen davon, dass Kinder heute im Krankenhaus ein komplettes Screening bekommen, da wüssten wir dann auch, ob mit diesem Säugling alles in Ordnung ist ... Auf jeden Fall aber muss das Mädchen dieses Kind anmelden, Silvia. Ich muss den Geburtstermin bescheinigen, und sie muss zum Einwohnermeldeamt gehen und den Jungen anmelden.«

»Unmöglich.«

»Bist du verrückt, Silvia? Entschuldige. Entschuldige, aber das ist Gesetz. Wollt ihr ihn hier drin behalten, bis er achtzehn ist? Wir kriegen Probleme, Silvia. Du und ich. Vor allem ich, aber du auch. Das ist illegal, es ist Entführung, es ist …«

»Ooooh … Komm mal runter. Ich habe verstanden. Aber jetzt ist es Nacht, soll man ihn nachts anmelden gehen? Wir haben noch nicht mal beschlossen, wie er heißen soll.«

»Auf dem Geburtsschein steht eine Uhrzeit.«

»Verstanden. Aber kann man nicht am nächsten Tag hingehen und sagen: ›Er ist gestern um die und die Zeit geboren‹?«

»Ihr habt zehn Tage Zeit.«

»Oha, zehn Tage, Gott hat weniger gebraucht, um die ganze Welt zu erschaffen, wollen doch mal sehen, ob ich sie in zehn Tagen nicht überreden kann, aufs Einwohnermeldeamt zu gehen.«

»Man wird sie in eine betreute Wohngemeinschaft einweisen, du wirst schon sehen, so brutal können sie nicht sein, sie in ihre Heimat zurückzuschicken oder ihr das Kind wegzunehmen oder …«

»Morgen früh rufe ich den Anwalt Paolucci an, geh du jetzt schlafen, geh schon.«

»Ich komme wieder vorbei, um zu sehen, wie es ihnen geht.«

»Ach, Totò …«

»Ja?«

»Danke, Gott segne dich.«

Tausendmal in den nächsten Tagen, als das Mädchen verschwunden war und unauffindbar blieb und nicht zurückkam, sagte sich Madre Pia, das müsse das falsche Wort gewesen sein, eines der wenigen italienischen Wörter, die das Mädchen kennen konnte, *Anwalt*, das sie unvorsichtigerweise vor ihr wiederholt hatte, lächelnd: »Sei unbesorgt, morgen rufen wir unseren Freund an, den Anwalt.« Sie würden alles tun, um sie zu beruhigen, hatte sie gesagt, und sogar das Unmögliche, um sie zu schützen. Sie schlug sich an die Brust, die Äbtissin, und unterdessen besorgten die Schwestern Milchpulver, das einen Haufen Geld kostete, und winzige Fläschchen, die man abkochen konnte, und die Bibliothekarin, die eine sehr fürsorgliche Ader hatte, gab dem Kleinen alle drei Stunden das Fläschchen und sorgte auch für alles andere, einem sehr einfachen Schnellkurs folgend, den sie auf YouTube gefunden hatte.

Jedes Gebet im Kopf und im Herzen der Nonnen stimmte mit dem Wunsch an, dass das Mädchen in Sicherheit war, dass die Camorra sie noch nicht gefunden hatte, dass der Staat sie noch nicht gefunden hatte, dass ihr Fieber nicht gestiegen war. Und außerdem, dass sie so bald wie möglich zurückkam, verdammt nochmal. Die Augen von der Mühe des Fütterns dunkel umschattet, gingen die Nonnen abwechselnd hinunter, um die Laudes anzustimmen, und als auch das Kind sie anstimmte, blickten sie stumm zur Äbtissin hin, überzeugt, dass sie den richtigen Weg finden würde.

Und das war auch die Frage, die die Äbtissin an Gott richtete: Nicht was nach dem Gesetz der Menschen oder der Bibel richtig war, sondern welches der richtige Weg für die Zukunft war. Ihrer aller Zukunft, die jener armen Wesen zuerst. Dann die des Klosters. Zuletzt auch ihre eigene.

Dabei spürte sie die fragenden und verängstigten Blicke auf sich ruhen.

»Los, an die Arbeit, wir dürfen den Garten nicht vernachlässigen, bei dieser Kälte weiß man nie. Und wir müssen uns vorbereiten, denn im April kommt der Heilige Vater. Ach ja, ich muss mit dem Kardinal sprechen, ihn um Dispens bitten, damit wir rausgehen dürfen ...« *Er wird es nicht wagen, mir das zu verweigern.*

Auch der Arzt, der am Morgen und Abend wiedergekommen war: Er hatte wenig getan, um der Wöchnerin und dem Neugeborenen zu helfen, aber sehr viel, um die Angelegenheit abzuschließen. Darum war er in heller Aufregung, seit das Mädchen verschwunden war, hatte alle Termine abgesagt und verbrachte den Tag im Gästehaus des Klosters vor seinem Laptop.

»Beschäftigt ihn! Lasst euch helfen!«, befahl die Äbtissin den Schwestern. »Dottore, entweder gehen Sie oder Sie helfen uns, Sie können nicht den ganzen Tag so herumsitzen, na los!«

Am siebten Abend verzog sich der Arzt nicht mal nach dem Abendessen. Also holte die Äbtissin nach der Komplet die Flasche Nusslikör der alten Nonne und nahm den Arzt mit ins Sprechzimmer.

»Hör zu, Silvia, das Mädchen wird nicht zurückkommen. Wahrscheinlich ist sie bereits tot. Jetzt musst du dich um das Kind kümmern. Du warst schon immer eine mutige und kluge Frau. Du hast uns alle überrannt, als du die Gelübde abgelegt hast. Deine Mutter ist jeden Tag zu meiner Mutter gegangen, um sich auszuweinen. Und ich habe während deines ganzen Noviziats auf dich gewartet, ach, das ist ein Menschenleben her, und ich dürfte dich nicht daran erinnern. Aber du weißt es sowieso, ich sage dir nichts Neues. Keine ist wie du, und das weiß nicht nur ich, alle, die dich kennenlernen, wissen es … Manchmal denke ich, du hast dich hier eingeschlossen, um niemandem mehr zu begegnen, der dir das Bild deiner Schönheit und deines Wertes zurückgeben könnte. Denn beides konnte niemand angemessen würdigen. Vielleicht nur dein Jesus. Genau diese Entschlossenheit brauchen wir jetzt. Das Einfachste ist, diesen Paolucci und die Polizei anzurufen. Wir erklären, was passiert ist, wir waren alle Zeugen. Das Kind wird sofort zur Adoption freigegeben, und es wird das letzte ausgesetzte Kind sein.«

»Nein, Totò, hör mich an. So war es nicht, das Kind wurde nicht auf dem Rad abgelegt, es ist nicht allein hier hereingekommen. Die Ausgesetzte war das Mädchen, und ich habe sie nicht beschützen können.«

»Das Mädchen ist abgehauen.«

»Dieses Kloster ist kein Gefängnis. Sie ist nicht abgehauen, sie ist gegangen.«

»Sie ist vor ihrer Verantwortung geflohen, meine ich.«

»Und ich sage dir, dass ich genau deswegen ins Kloster gegangen bin: um dieses dumme Gerede nicht mehr zu hören. Aber nein, sogar hier drinnen muss ich es hören. Was faselst du da von Verantwortung, verd…, wenn sie im strömenden Regen hier angekommen ist, in einem bitterkalten März, halbnackt, ohne andere Wörter zu kennen als – was hast du denn schon gesehen, Herr promovierter Doktor der Medizin? Du hast eine Geburt gesehen. Ich habe alles Böse der Welt gesehen, das sich gegen eine Unschuldige verschworen hat. Ich habe ein kleines Mädchen gesehen, den Bauch vom Samen eines Unmenschen geschwollen, der kein Gesicht, keine Stimme, kein

Mitleid hatte. Wie gerne würde ich dir sagen, dass es alles Teufel waren, die Männer, die sie benutzt haben, aber weißt du was? Das glaube ich nicht. Ich bin sogar sicher, dass sie zur menschlichen Rasse gehörten. Wir beide tragen mehr Verantwortung für dieses Kind, sage ich dir, als das Mädchen, das es geboren hat. Hast du verstanden? Verstehst du, was ich sage?«

»Ich verstehe ja, Silvia, streite nicht mit mir, ich verstehe. Komm her.«

Und er umarmte sie wie vor zwanzig Jahren, wenn Silvia weinte, denn jetzt weinte Madre Pia.

In dieser Nacht ging die Äbtissin hinunter in die Kirche und legte sich im Mittelschiff auf den Boden, die Arme zum Kreuz geöffnet, die Stirn auf dem Marmor, wie damals, als sie sich mit Jesus vermählt hatte. Die Nacht ließ die Stadt zu Eis gefrieren, und Madre Pia blieb lange reglos am Boden liegen, dann richtete sie sich mit schmerzenden Gliedern auf, und zwischen Morgengebet und Laudes ging sie den Arzt im Gästehaus wecken.

Sie setzte sich ans Kopfende seines Bettes. Er fuhr aus dem Schlaf hoch.

»Gehen wir? Kommen die anderen mit? Melden wir die Geburt?«

»Ja, Totò, ich gehe.«

»Darfst du das Kloster denn ohne Dispens verlassen?«

»Ich werde rausgehen, Totò, denn du wirst auf dieses Blatt Papier schreiben, dass es mein Kind ist.«

»Du bist verrückt.«

»Denk, was du willst und schreib bitte, dass das Kind, das den Namen Salvatore bekommen wird, von Silvia P. geboren wurde.«

»Aber das ist nicht wahr.«

»Es könnte stimmen, ich bin vierzig.«

»Und wo hast du es versteckt?«

»Seit zwanzig Jahren kennt die Welt von mir nur das Gesicht. Die Hälfte des Körpers, die man im Sprechzimmer sieht, und ein so weites Gewand, dass ich darunter sogar Zwillinge hätte austragen können.«

»Das ist Wahnsinn. Es ist Betrug, es wird dich ruinieren. Warum denn nur?«

»Dich hat das weltliche Leben schon jetzt ruiniert. Du warst ein so stolzer, so revolutionärer Geist …«

»Warum nur?«

»Totò, im Namen der Zuneigung, die wir füreinander empfanden.«

Der Arzt stand von dem Bett auf, in dem er völlig angekleidet geschlafen hatte, und ging zum Fenster, das auf den Orangengarten blickte. Es tagte, aus der Kirche stieg das Morgengebet auf, das Gras war mit Rauhreif bedeckt.

»Na gut«, sagte er, ohne sich umzudrehen. »Im Namen der Zuneigung, die wir füreinander empfinden könnten.«

Als die Frau in die Sonne hinaustrat, wurde ihr schwindelig, aber es war nur ein Moment. Sie nahm die alte Straße und erreichte bald die Via Duomo. Sie trug einen Koffer mit ihren Sachen in der einen Hand und einen Sack mit ihrem Habit, dem Strick und dem Ring in der anderen. Das Kind hing, in einen großen Schal gewickelt, um ihren Hals.

Die Hose aus der Zeit, als sie Silvia war, ließ sich nicht mehr schließen und scheuerte zwischen ihren Beinen. Sie ging bis zur Kurie und fragte nach dem Kardinal.

»Ich bin Madre Pia«, erklärte sie dem verblüfften Pförtner und kratzte sich am geschorenen Kopf.

Ganz gegen seine Gewohnheit kam der Kardinal eilig angelaufen.

»Machen wir es kurz, Eminenz, ich habe ein Kind bekommen. Hier ist eine Kopie des Geburtsscheins, ich verlasse das Kloster und gehe zurück in mein Dorf, ich melde es dort an, wo wir leben werden, auf dem Landgut meines Vaters. Hier ist mein Habit. Muss ich irgendetwas Schriftliches verfassen?«

»Meine Schwester, aber das ist, das ist ...«

»Ja, ich weiß, ich stehe der Generaloberin zur Verfügung. Hier ist meine Adresse. Benötigt Ihr noch etwas?«

»Aber ... aber ... der Vater?«

»Ich kenne ihn nicht.«

»O Gott, wie ... wie eine Dirne.«

»Genau, Eure Eminenz.«

»Aber Jesus ...«

»Nein, nein, Ihr haltet Jesus da raus, mit Jesus habe ich heute Nacht gesprochen.«

Und mit diesen Worten trat sie zum Messbuch, schlug Matthäus 21 auf und reichte es dem erschütterten Prälaten.

Dann ging sie, ging zu Fuß hinunter ans Meer, und die Stadt war groß und voller Leben, lebendig wie keine andere Stadt. Und in dieser Stadt war sie eine Frau mit einem Neugeborenen um den Hals, die zum Busbahnhof Varco Immacolatella am Hafen ging, um den Bus nach Amalfi zu nehmen.

Zwanzig Jahre Ehe sind lang, und eine Trennung macht Angst, auch wenn man sich immer noch sehr gern hat.

Doch dann in Atrani, an der Abzweigung nach Ravello, war sie schon, war sie noch, war sie wieder Silvia. Und die Mutter Silvia war nur ein anderer Teil von Madre Pia: eine Frau mit praktischem Sinn, die nicht mehr an ihre vergangenen, sondern nur noch an die kommenden Tage dachte. Auf dem Vesuv lag an diesem Nachmittag Schnee.

BEHAVE

Nirgendwo steht *Welcome* in dem Lokal, wo mein Sohn isst, nicht mal auf der Fußmatte. Ich finde das vernünftig und sehr, sehr ehrlich. Das sind Leute, die sagen, was sie denken, denke ich. Diese Leute denken: Geht mir nicht auf die Eier. Wenigstens der Besitzer denkt das. Ich kann mir nicht vorstellen, dass es auch die Kellnerin denkt, die so freundlich ist und so schöne Brüste hat und nie nach Schweiß riecht und immer richtig herausgibt. Und eine Bestellung auch über drei Betrunkene hinweg hört. Doch wenn sie hier arbeitet, wenn dieser jähzornige alte Sack George sie eingestellt hat, denkt auch sie wahrscheinlich: »Geht mir nicht auf die Eier«, also sind auch und gerade bei ihr Kinder unerwünscht.

Sagen, was man denkt, finde ich ehrlich.

Es ist nicht höflich, *es ist nicht nett*, wie die Sozialarbeiterin sagen würde. Die Sozialarbeiterin ist eine, die nicht sagt, was sie denkt. Sie ist eine Tote.

Das ist nicht nur so dahergesagt, ich kann das nämlich gut: Wenn ich *tot* sage, meine ich wirklich tot. Ich meine damit, dass ich in normalen Menschen, wie sie so herumlaufen und ihren Dingen nachgehen, die Toten sehe. Aber ich darf nicht zu viel darüber reden, sonst hält man mich für verrückt, und das fehlte gerade noch, dass man mich für verrückt hält, wo wir sowieso schon so übel dran sind mit meinem Sohn. Doch wer mich gut kennt, weiß, dass ich in den Körpern der Menschen die Kälte oder die Wärme sehe. Oder auch gar nichts.

Das habe ich an jenem Abend zum ersten Mal entdeckt, keine Ahnung, wo wir waren, vierzig Meilen westlich von Malta, sechzig Meilen südöstlich von Licata.

Seit damals habe ich einen Freund, Bill, und wenn er nichts zu tun hat – aber Bill hat nie was zu tun, denn er ist zur See gefahren und hat nie geheiratet, Kinder hat er vielleicht, doch wer weiß, wo und unter welchem Namen – also hat er jetzt, wo er alt ist, wie ich, nichts anderes zu tun, als mich zu bitten, mit ihm auf der Bank vor den Docks zu sitzen und zu rauchen.

Wir sitzen auf der Bank, und bei jedem, der vorbeigeht, fragt er: »Buddy, ist der tot oder lebendig?«

Ich antworte, er sagt manchmal, ja stimmt, manchmal, nein, stimmt nicht, und manchmal kennt er sie auch, dann sagt er, alle Achtung, ich hätte da wirklich so eine Fähigkeit in mir.

»Dadurch, dass wir damals an der Insel angelegt haben, dadurch hast du geheime Kräfte gekriegt, Buddy.«

Dann sagt er, ich soll rücken, denn die Sonne ist weitergewandert, und er will seine Beine nicht im Schatten haben.

»Das hier ist nicht *die Sonne*, Buddy, die Sonne scheint in Ägypten. Das hier ist alles, was wir an Sonne haben, und das ist was anderes, Buddy.«

Das Lokal, wo mein Sohn isst, heißt Behave, es liegt in einem dieser Häuser aus rotem Backstein, die der Zerstörungswut der Stadtverwaltung entronnen sind. Es wurde nicht abgerissen, vielleicht gefiel es den Touristen. Denn kaum wackelt hier mal ein Sims, findest du das ganze Haus mit weißgelbem

Band umschnürt, als läge eine Bombe drin. »Ich bin doch bis gestern Morgen noch hier reingegangen«, sage ich, »so gefährlich kann es in zehn Stunden schon nicht geworden sein …« Aber so läuft das hier. Dagegen die Kirche dort, wo mein Sohn abends einen trinken geht, die mochten die Touristen, also blieb sie unversehrt. Sie wurde in eine Diskothek umgewandelt und auch ein bisschen aufgefrischt, die Malereien und die Decke.

Ich sage das nicht, weil ich ein Frömmler bin, im Gegenteil, diese Streitereien zwischen uns und den Katholiken kann ich nicht ertragen. Ich meine, ich bin nicht sicher, ob anglikanisch besser ist. Das heißt, ich bin nicht so sicher, wie ich sicher weiß, dass der FC Everton besser ist als Liverpool, also nicht mit so einer klaren, mathematischen Gewissheit.

Mit Gott rede ich nicht viel, wir haben dieses Problem mit meinem Sohn, das zwischen uns steht, jetzt schon seit fünfunddreißig Jahren, und das kriegen wir nicht gelöst. Aber ich erinnere mich an den Weihrauchduft in dieser Kirche, und jetzt stößt es mich schon ein bisschen ab, dass am Altar statt des Priesters ein Diskjockey steht. Sogar wenn sie tanzen, stinken sie nach Tod, diese Jugendlichen. »Ein bisschen Respekt, verflucht nochmal!«, sage ich.

Der Weihrauchgeruch, an den ich mich erinnere, war aus dieser Kirche, vielleicht aber auch aus all den anderen Kirchen, die ich auf meinen Fahrten gesehen habe. Wenn du von Bord gehst, gehst du von Bord. Und wenn du von Bord gehst, gehst du in die Kirche. Irgendeine. Es gibt die, in denen du dir die Schuhe ausziehst, die moslemischen, und vornübergebeugt bis auf den Boden dasitzt oder dich unter die Säulengänge stellst, um ein bisschen zur Ruhe zu kommen, bevor du durch die Straßen der unbekannten Stadt gehst. Oder die, wo du gar nichts siehst und dich bloß anvertrauen musst, denn sie machen alles hinter einem Wandschirm. Die orthodoxen, ja, in so einer Kirche habe ich den stärksten Weihrauchgeruch meines Lebens gerochen. Ein Duftschwaden, der den Dieselgeruch von mir abwusch und mich schwindelig machte. Aber das war eine Kirche ohne Stühle. Ein paar Stunden zuvor hatten wir in Piräus angelegt, und Piräus, das muss man mir glauben, ist selbst schon eine Kirche. Wenn du in Piräus ankommst, begreifst du, dass der Mensch hier absolut nichts zu sagen hatte, das alles hat jemand anderes gemacht, und die Hafenarbeiter haben es schon fix und fertig vorgefunden. Was für ein Schweineglück, wenn man an die Hafenarbeiter in Amsterdam oder Venedig denkt, die seit tausend und abertausenden Jahren das Wasser wegschaufeln.

Ich bin immer in Kirchen gegangen, auch wenn sie die Form von Raumschiffen hatten oder ein Saal mit Neonlicht im ersten Stock eines Wohnhauses waren, jedenfalls bin ich, kaum an Land, nach dem Tabakladen immer in die erste Kirche rein, auf die ich stieß, und habe mit dem größten Respekt gesagt: »Diese Scheißgeschichte mit meinem behinderten Sohn zwischen uns, die macht, dass ich nicht ehrlich zu dir bin. Aber nimm dir das bisschen Ehrlichkeit, das du bei mir findest, und lass es ihnen zu Hause gutgehen, Jude und Brandon. So gut, wie es Brandon eben gehen kann, verschaff ihm alles Gute, das ihm passieren kann, ihm und seiner Mama, lass es ihnen gutgehen. Und mach, dass ich sie nicht zu sehr vermisse. Aber auch nicht zu wenig. Halt mich im richtigen Abstand zu denen, die ich liebe, Gott, verflucht nochmal.«

Jude nicht. Jude steckte sofort bis zum Hals drin. In den Geschichten, meine ich. Dafür hat sie bezahlt, und wie.

»Komm, Jude, ich führ dich aus, was trinken.«

»Und Brandon?«

»Brandon ist dreizehn, er kann allein fernsehen.«

Jude sagte ja, aber sie glaubte mir nicht. Und während wir
die Duke Street runtergingen, sagte ich: »Siehst du das hier,
Jude? Siehst du diese Spuren? Hier war alles voller Taue, die bis
runter zum Meer reichten, darum führen die Straßen gerade-
aus nach unten, denn sie mussten die Taue über die ganze Län-
ge flechten. Das College hier gab es nicht, als ich geboren wurde, es gab nur den Hafen, Jude. Alles war Hafen.«

Und Jude sah sich das an und stützte sich auf meinen Arm,
aber mich als Kind stellte sie sich nicht vor, auch nicht die
alten Gießereien, wo die Anker geschmiedet wurden. Nein, sie
betrachtete die Spuren im Stein und hatte Brandon vor Augen, wie er morgens genau diese Straße hinuntergeht und sein
linkes Bein nachzieht und in einer dieser Furchen stecken
bleibt und hinfällt und sich die Nase aufschlägt. Und dann die
Leute, die ihm helfen, und er, panisch hinter seiner Brille,
erinnert sich nicht an seinen Namen, wie immer, wenn zu
viele Leute um ihn herum sind, und endlich erkennt ihn
jemand, eine Lehrerin oder eine Nachbarin: »Das ist Brandon, der Sohn von Jude, ich weiß, wo er wohnt, wir holen die
Mutter …«

All das arbeitete sekundenschnell im Kopf meiner Frau,
während wir im Pub etwas trinken gingen. Ich sah ihre ange-
spannten Lider unter der Wimperntusche, die sie für mich
aufgetragen hatte, ich hörte das Geräusch ihres arbeitenden
Hirns und spürte ihren Raum, den Raum einer sehr schönen

Frau, hin- und hergerissen zwischen dem, was sie hier besetzte, untergehakt an meiner Seite, und dem, was sie war: zu Hause bei Brandon.

Mit Jude am Arm habe ich immer mächtig angegeben, denn sie war die Schönste und hat mich geheiratet, und all der Schmerz, den ihr die Krankheit des Jungen ins Gesicht gegraben hat, war genauso schön. Ohne Wenn und Aber.

»Du bist eine, die aus einem Wassertropfen einen Brunnen hervorkommen lässt, Jude«, sagte ich, wenn ich ihr ein Parfüm aus Frankreich oder eine Keramik aus Italien mitbrachte. Sie wurde rot.

Als wir ins Zentrum kamen, staunte sie über die vielen Touristen, die in Richtung Cavern Club gingen: »Diese jungen Männer spielen schon so lange nicht mehr hier, es müssen fünfzehn Jahre sein, seit sie von hier weg sind.«

»Es ist wie eine Pilgerfahrt, Jude.«

»Verrückt.«

Das Behave haben sie jedenfalls nicht abgerissen, und es ist ein guter Platz, um sich vor den Touristen und den Beatles in Sicherheit zu bringen.

Als ich reingehe, ist es kurz nach zwei, die Tür macht *Dingdong*, doch bei dem Höllenlärm drinnen merkt das keiner, keiner hört es, keiner beachtet mich. Am Fenster stehen runde Tischchen für die, die mehr Zeit vertrödeln können oder allein sind, da guckt man gern mal raus auf die Straße. Vor allem mit einem dampfenden Chicken Tikka vor sich auf dem Tisch. Eine Art lokale Spezialität, glauben die, die ihr Leben an Land verbracht haben und keinen Schimmer von der Welt haben.

»In Indien machen sie das besser, George. In Indien, ja, da

können sie ein richtiges Tikka machen«, habe ich ihm mal gesagt.

»Von Politik will ich nichts hören, Bud.«

Gegenüber, an der Wand, stehen die kleinen quadratischen Tische für Paare, hier drinnen sind das nur alte Leute, manche kenne ich, viele nicht. Die Stadt ist groß und man altert, ohne sich kennenzulernen. Wieder andere erkenne ich nur, wenn ich sie dort sitzen sehe: Dann kann die Alte ruhig den Kragen an ihrem Mantel oder die Haarfarbe wechseln und der Alte kann einen Schnurrbart haben oder sich rasieren, hier drinnen erkenne ich sie. Draußen nicht. Wie viel die alten Frauen trinken, aber sie halten verflucht was aus. Die Paare sitzen hier nebeneinander, Rücken zur Wand, nicht übereck wie die Jungen. So müssen sie nicht unbedingt miteinander reden. Denn das ist das Schönste auf der Welt, das Allerschönste und das, was mir im Leben am meisten fehlt: Wenn du mit deiner Frau rausgehst oder mit deiner Frau zu Hause bist und nicht unbedingt reden musst. Wenn Jude und ich nebeneinandersaßen, jeder auch mal drei Pint tranken und dabei die Leute an der Theke beobachteten, die kamen und gingen, und den Kellner bei der Arbeit, die Kassiererin, die das Wechselgeld herausgab, ganz hinten der Fernseher mit dem Sportkanal, aber ohne Ton. Die Weihnachtsdekoration, die den Frühling und dann wieder den Herbst hindurch hängen bleiben würde, um beim nächsten Weihnachten schon an ihrem Platz zu sein. Das Schild mit der Lizenz zum Alkoholausschank und die kaputte Wanduhr, die zwar ging, aber zwei Sekunden auf einmal anzeigte und dann eine Weile gar nichts.

»Was glaubst du, Jude, wann wird er endlich mal die Batterien in dieser Uhr auswechseln?«

»Nie, glaube ich. Er hat sie im Rücken, was nützt ihm eine Uhr im Rücken? Er sieht sie nicht mal bei all den Flaschen, die da rumliegen.«

So was redeten Jude und ich, womöglich den ganzen Nachmittag lang nur das. Und dann: »Gehen wir?«

»Gehen wir.«

Oder wir gingen zu den Lagerhallen, um das Meer zu sehen. Sie hakte sich bei mir unter oder ging ein paar Schritte vor mir, denn es störte sie, wenn jemand, besonders ich, ihr den Blick versperrte. Aber allein ging sie nicht hierhin, nie wäre sie allein hierhergekommen. Vielleicht wollte sie auch vor dem Meer gesehen werden, im Gegenlicht vor diesem tiefen Himmel, der glänzte wie Blei, wenn man es ordentlich poliert. Denn sie war eine schöne Frau. Jedenfalls verbrachten wir Stunden so, ohne miteinander zu reden, in vollkommenem Schweigen, bis einer von uns sagte: »Gehen wir?«

»Gehen wir.«

So was kannst du im Leben mit keinem machen, wenn du ihm nicht hundertprozentig vertraust. Es gibt niemanden, mit dem ich das mache, auch nicht mit Bill, irgendeinen Scheiß über die Mannschaft reden wir immer, und mit Brandon auch nicht. Mit Brandon rede ich sogar andauernd, denn ich habe Angst, beim Schweigen kommt plötzlich irgendwas an, und dann weiß ich nicht, was ich darüber denken soll. Außerdem hat Jude mir das so beigebracht, schon als Brandon klein war – dass wir ihm den Kopf mit der Welt ringsum füllen sollten.

Nur mit Jude konnte ich mir den Reichtum des vollkommenen Schweigens erlauben. Denn ich wusste, dass wir nichts dabei verloren. Und wer sowas nie erfahren hat, kann es nicht verstehen.

Von der Mitte der Theke aus blickt George zu mir auf, und ich mache ihm ein Zeichen: Nein, ich will noch nichts trinken, bin nur gekommen, um zu sehen, wie weit Brandon ist.

Brandon steht da, wo das Lokal in den großen Speiseraum übergeht, mit fünf Tischen, an die sich auch sechs Personen setzen können, acht, wenn du dir Hocker für die Tischenden bringen lässt. Außerdem gibt es da einen unbenutzten Tresen, den George nur bei großen Festen in Betrieb nimmt, ein-, zweimal im Jahr, dann die Tür zum Klo, dann die Reihe der großen Fenster mit vier kleinen Tischchen und einer langen Bank, sodass du beim Sitzen den Kopf nicht anlehnen kannst, denn hinter dir ist die Fensterscheibe. Aber die Bank ist bequem.

Brandon steht da, noch in der Windjacke, die Mütze bis auf die Brillenbügel runtergezogen, und nicht mal die Tasche hat er am Boden abgestellt.

Es ist zwei Uhr, er kann noch nicht lange da sein, wer weiß, wie lange das noch dauert. Brandon blickt in Richtung Speiseraum, er steht mit dem Rücken zu mir, aber ich weiß, dass er schwitzt, unmöglich, nicht zu schwitzen, wenn du für draußen angezogen hier drinnen stehst.

Doch er ist zu angespannt, um an die Temperatur zu denken oder die Tasche auf den Boden zu stellen. Alle Tische vor ihm sind besetzt, und er steht bereit, um den nächsten freiwerdenden Platz einzunehmen. Ein Bein hat er vorgestellt, das andere dahinter, als stünde er im Startblock, und er dreht den verschwitzten Kopf nach rechts und links wie ein Vogel, um hinter den harten Brillengläsern alles genau ins Auge zu fassen, um die Reihenfolge der Tische nicht aus dem Blick zu verlieren. So steht er eine Weile, in einem gewissen Abstand.

Brandon ist einer, der seinen Platz kennt.

Gerade wird ein Tisch frei, da kommen zwei Frauen aus der Toilette, Mutter und Tochter, sie wechseln einen triumphierenden Blick, denn sie haben sofort einen freien Platz gefunden. Doch dann bemerkt die Tochter Brandon und zieht ihre Mutter am Ärmel. Die Frau sieht ihn an, bemerkt vielleicht sein gerötetes Gesicht, ich weiß es nicht, er steht mit dem Rücken zu mir, ich sehe nur die Frau, die ihm zulächelt, ihn anspricht, ihre Tasche vom Stuhl nimmt. Dann hält sie inne, dringt weiter auf ihn, blickt bestürzt zur Tochter, und ich weiß, was passiert: Brandon antwortet ihr nicht. Sie wird gesagt haben: *Sie waren vorher da, Entschuldigung,* doch er fixiert sie nur und sagt nichts. Die Frau und ihre Tochter beschließen, sich zu setzen, mustern ihn noch einmal, tuscheln miteinander, dann gehen sie zur Speisekarte über.

Brandon ist eigenartig, wenn man ihn nicht kennt, doch hier im Behave kennen ihn alle, denn er isst an jedem Arbeitstag hier, seit er achtzehn ist, und jetzt ist er fünfunddreißig. Heute ist Samstag, er arbeitet nur den halben Tag, geht aber nicht gleich nach Hause, sondern kommt zum Essen hierher, und das nutze ich, um einen Bissen mit ihm zu essen.

Brandon hat viele Freundinnen, mit denen er sich nur unterhält, und das macht ihn noch eigenartiger, denn hier haben Männer und Frauen entweder Sex oder führen getrennte Leben. Solange sie noch nicht verheiratet sind, meine ich. Brandon aber – schon in der Schule war das so, während der kurzen Zeit, die er zur Schule gegangen ist – Brandon hat immer Freundinnen gehabt. Als er noch kleiner war, habe ich ihn gefragt, »Brandon, das ist nicht normal, mit all diesen Freundinnen. Was zum Teufel redet ihr eigentlich miteinander?« Doch jetzt ist er erwachsen, und manchmal bezahlt er mir das Essen, sein Gehalt gegen meine Rente, was soll ich ihm da jetzt noch sagen. Wenn ich ihm vorschreiben würde, was er tun soll, wäre er beleidigt, vielleicht weiß er besser als ich, was er tut. Und um ihn nicht zu beleidigen, darf ich mich auch nicht zu erkennen geben, ich muss warten: Er muss sich seinen Platz allein erobern.

Jetzt stehen zwei alte Leute auf, und er ist der Nächste in der Warteschlange. Er rührt sich nicht in seinem Startblock, während die beiden ihre Mäntel anziehen und im Stehen noch den letzten Schluck Bier trinken. Unterdessen sieht ein anderer Gast, der ebenfalls wartet, dass Brandon nichts tut, um den Tisch zu besetzen, also bleibt er ein bisschen unentschlossen stehen, sieht die Alten davongehen und Brandon angespannt, aber reglos warten, darum zweifelt er an Brandons Absichten und überholt ihn, und als er sieht, dass Brandon nicht reagiert, nimmt er noch entschlossener Platz und legt Hut und Schal ab. Von seinem Platz aus mustert er Brandon. Ihm ist klar, dass er Brandon übergangen hat, doch als er ihm endlich ins Gesicht sieht, wird ihm außerdem klar, dass da etwas nicht stimmt und dass der Mann sich vielleicht wirklich nicht setzen wollte. Also entspannt er sich.

Alle Plätze sind wieder besetzt, und Brandon steht immer noch dort, die Tasche fest in der Hand.

Das wird jetzt eine Ewigkeit dauern, so eine Scheiße. Ich gehe raus, eine rauchen. Wie es regnet in diesen Breitengraden, neuerdings.

Wie an jenem Abend, vierzig Meilen westlich von Malta, sechzig Meilen südöstlich von Licata. Von Zeit zu Zeit vergaßen wir, wo wir waren, und überprüften die Seekarte und den Radar, immer öfter, um sicherzugehen, dass wir nicht auf der Route nach Danzig waren, denn Nebel war aufgestiegen, der an das Eis auf der Danzig-Route erinnerte, aber das war eine andere Fahrt gewesen.

Wenn man auf Schiffen fährt und die Mannschaft über viele Strecken dieselbe bleibt, gibt es nämlich immer so einen Moment, der nicht lang dauert, aber es ist ein Moment, den man hat, und man weiß nicht, wann er kommt, darum gibt's keine Rettung davor, immer kommt dieser Scheißmoment, in dem du nicht mehr weißt, wohin du fährst.

»Du bist mitten auf dem Meer, Bud«, so viel kannst du sagen, aber das Meer hilft dir nicht. Denn wenn du dich umschaust, um dich zurechtzufinden, siehst du nur das Meer.

Als mir das zum ersten Mal passierte, war ich sechzehn, und in diesem beschissenen Lokal, wo mein Sohn zu Mittag isst, hätten sie mir keinen Alkohol ausgeschenkt. Wenn es diesen Scheißladen damals überhaupt schon gab.

Wenn du damals hierherkommen wolltest, gab's nichts, was dir den Weg wies, keine Schilder und Schaufenster, keine Läden und Denkmäler und Kunstgalerien, überhaupt keine Kunst. Bloß Lagerhäuser und Taue. Und den Hafen, der nirgendwo endete. Das Ende des Hafens war das Meer. Ich war sechzehn und fuhr noch nicht lange zur See, aber lang genug. Es war erst meine dritte Fahrt auf der *Starita's*, aber wir waren immer dieselben, oder wenigstens sah ich seit Tagen immer dieselben Gesichter. Seit sechs Monaten fuhren wir immer weiter, ohne umzukehren, aber die Häfen, die wir anliefen, hatte ich damals alle noch gut im Gedächtnis. Weil man da endlich mal ordentlich trinken und ein paar Zigaretten von der Ration verkaufen konnte, und wegen der Mädchen. Also sag ich mir eines Nachmittags: »Bud, im ersten Hafen musst du einen Brief nach Hause einwerfen.« Aber welcher ist der erste Hafen? Welcher ist der nächste Hafen? Von wo sind wir losgefahren? Teufel auch, das war wirklich schlimm, es dauerte ziemlich lange, und ich konnte niemanden fragen, denn auf einem Schiff wissen alle, wohin die Fahrt geht. Und da war dieser Typ, wie hieß der noch gleich, dieser Typ, der schon lange auf dem Schiff und einer meiner Bosse war (alle waren meine Bosse). Ein Boss ist der Letzte, den du fragen kannst, denn ein Schiff ist immer wie eine Kaserne, auch wenn es bloß ein blödes Handelsschiff ist wie die, auf denen ich vierzig Jahre geschuftet habe. Vierzig Jahre Kaserne in Zivil, und ausgerechnet unser Bootsmann blickte mich streng an und sah, dass ich mich um mich selbst drehte wie eine Ladewinde.

»Was hast du verloren, Junge?«, fragt er mich.

Tja, was hatte ich verloren?

»Nichts, Oberbootsmann.«

»Warum drehst du dich dann wie eine Ladewinde?«

»Nichts, Oberbootsmann, ich habe jemanden gesucht, der mir eine Zigarette geben kann.«

»Ich rauche nicht, mein Junge, aber wenn du die Orientierung verlierst, hat es keinen Sinn, in die Ferne zu schauen. Hier ist das Heck, da ist der Bug, darüber der Himmel, darunter das Meer, und du bist in der Mitte. Das musst du dir sagen, dann wirst du dich dran gewöhnen.«

Wirklich, auf diese Weise war es eine Sache von wenigen Minuten, dann fiel mir alles wieder ein: Bremen. Wir hatten

Genua verlassen und umfuhren gerade Gibraltar, um auf Bremen zuzusteuern. Wenige Tage Fahrt. Alles in Ordnung, aus Bremen würde ich einen Brief nach Hause schicken.

So was passiert auch dem Kapitän: Der Unterschied zwischen Ruhestand und Arbeitsleben, der größte Unterschied überhaupt, meine ich, liegt genau darin, dass man nicht mehr zur See fährt, mit allem, was daraus folgt, zum Beispiel solche Sachen wie diese.

Nur in Griechenland passiert so was nie. In Griechenland siehst du, wenn du gute Augen hast, ohne Fernglas, ganz ohne Hilfsmittel, von einer Insel oder der Küste aus immer schon die nächste Insel. Die Griechen haben kein Meer, das ist kein Meer. Es ist eine Brücke. Doch eigentlich macht das ganze Mittelmeer keinem Angst. Es passiert zwar auch was im Mittelmeer, wie an jenem Abend, vierzig Meilen westlich von Malta, sechzig Meilen südöstlich von Licata … Aber diese Pfütze kann einem Seemann niemals wirklich Angst machen. Im Atlantik dagegen ziehen die Strömungen den Kiel wie Taue, die aus Wasser bestehen und am Wind festgemacht sind. Und in der Barentssee kommen rings um dich her urplötzlich Eisberge aus dem Wasser und lassen dein Schiff auflaufen, als wär das Ende der Welt gekommen. Und wenn du vor der bretonischen Küste denkst, du bist gleich an Land, schwillt die Flut an und hebt dich in den Himmel, als wären die Wolken Magneten und zögen das ganze Eisenzeug an, aus dem das Schiff gebaut ist. So was macht Angst.

Das Mittelmeer nicht. Damit habe ich meine Frau immer beruhigt: Mach dir keine Sorgen, ich fahre nach Marseille. Dann war sie ruhig. Jedenfalls so ruhig wie meine Frau Jude sein konnte, die von Geburt an ein rastloses Herz hatte.

»Es ist normal, dass das Herz nicht stillsteht, was redest du da, Buddy?«

»Ja, aber deins ist schneller, Liebling«, sagte ich, »deins macht mehr Knoten und verbraucht wahnsinnig viel Dieselöl.«

Es war das Dieselöl für unseren Sohn Brandon, der schief geboren war und schief geblieben ist, aber das haben wir erst nach und nach erkannt, denn damals gab es all diese Messungen von heute noch nicht.

Er wuchs eben nicht wie die anderen. Die Ärzte machten nicht viel Aufhebens davon, ich auch nicht, ich sah nur, dass er ein bisschen langsam, ein bisschen kurzsichtig war, aber viele Dinge sah ich gar nicht. Seine Mutter schon. Jude konnte bei den Ärzten sehr hartnäckig sein, obwohl die nicht auf sie hörten, bis sie ein paar Jahre später genau das auf ihre Papiere schrieben, was Jude früher als alle anderen gesehen hatte. Vorher gab es eine Zeit, in der Jude zwar wusste, dass Brandon nicht wie die anderen heranwuchs, sich aber an die Worte der Ärzte klammern und hoffen konnte, dass sie recht hatten. Als dann nach ein paar Monaten oder Jahren dieses Papier ankam, das etwas Endgültiges zu dem Thema sagte, war der Schmerz für Jude umso größer.

»Ein Bein ist bei ihm kürzer als das andere, und der Fuß ist kleiner.«

»Nein, so ist es nicht.«

»Na gut.«

»Wir machen Untersuchungen mit exakten Messinstrumenten, wir urteilen nicht nach dem Augenmaß, seien Sie beruhigt.«

Und ich: »Siehst du? Mach dir keine Sorgen mehr.« Und

weiter: »Das ist eine fixe Idee von dir, Jude. Seine Beine sind gleich lang.«

»Schau sie dir im Spiegel an, Bud«, sagte sie, »aber nicht, wenn er die Beine bewegt, dann siehst du nur, was er tut, konzentrierst dich nur darauf. Schau sie dir im Spiegel an und sag mir, was du siehst.«

Als ich die Beine im Spiegel sah, bemerkte ich tatsächlich einen Unterschied, aber das sagte ich ihr nicht.

Ich erinnere mich an den Tag, als ich gerade vom Schiff kam und wir ihn zusammen von der Schule abholen gingen, um ihm eine Freude zu machen. Als wir ankamen, waren die Kinder noch in der Turnhalle, und seine Lehrerin sagte, wir sollten hingehen und heimlich zugucken. Wir beobachteten also all die Kinder, die den Ball aufs Tor warfen, der eine mit dem Fuß, der andere mit den Händen, manche trafen nicht, andere schossen zielstrebig und kraftvoll wie Peter Reid, und am Rand Brandon, sehr aufgeregt, der nur zusah und sich auf der Stelle bewegte wie eine Puppe auf einer Sprungfeder. Da gingen wir zurück in die Eingangshalle der Schule und sprachen lange nicht miteinander.

Dann ging er bald von der Schule ab, aber wir bekamen finanzielle Unterstützung für ihn, und als er achtzehn war, besorgte die Sozialarbeiterin ihm eine Stelle in einer Reinigungsfirma. Es war eine nützliche Arbeit, und er konnte sie machen. Er wurde dieser Arbeitsgruppe zugeteilt und hatte eine Mittagspause, in der er ins Behave essen ging, und natürlich verspätete er sich immer und kaute noch, wenn er wieder zur Arbeit zurückkam, aber die von der Gruppe taten so, als sähen sie es nicht. Sie waren nett, denn die einzigen Kollegen, zu denen er eine Art Beziehung hatte, waren alles Frauen.

An Brandons erstem Arbeitstag wurde Jude einfach nicht warm. Ich hatte ihr kochend heißen Tee gemacht, doch nichts half, ihr wurde einfach nicht warm. Brandon hatte die blaue Uniform angezogen, die er noch heute trägt, die reflektierende Warnweste und die Arbeitsstiefel, die schwer an seinem verkrüppelten Fuß wogen, mit all dem Eisen, was drin ist, und anfangs erinnerten sie ihn an die orthopädischen Schuhe, mit denen er zur Schule gehinkt war. Doch inzwischen ist er sehr stolz auf die Stiefel, er geht nicht ins Bett, bevor er sie geputzt hat. Und so ist er, achtzehn Jahre alt, allein zur Arbeit gegangen, mit seinem Behindertenausweis und einer Kopie seiner Patientenakte.

Als sie ihn aufbrechen sah, hatte Jude ihm zugelächelt, doch kaum war die Tür hinter Brandon ins Schloss gefallen, hatte sie angefangen, mit den Zähnen zu klappern.

»Hol das Fieberthermometer, Jude.«

Sie hatte kein Fieber, und wir konnten uns nicht erklären, woher dieses Frieren kam, wo es doch Ende Mai war, bis sie sagte: »Was wird er machen, wenn wir sterben?«

»Er wird das machen, was er jetzt macht: Er wird arbeiten, er wird in diesem Lokal im Zentrum, das er so mag, essen gehen, er wird all diese Freundschaften mit Frauen haben, bei denen man sich fragt, worüber die eigentlich reden … alles ganz normal, Jude.«

»Ohne uns wird er es nicht schaffen.«

»Er wird es schaffen, wir leben in einem Land, das dich nicht im Stich lässt, wenn du keine Familie hast.« Das sagte ich, aber ich glaubte selbst nicht dran und sagte es bloß, weil die Sozialarbeiterin uns denselben Satz gesagt hatte, als sie Arbeit für Brandon gefunden hatte.

Doch ich wusste, dass Jude immer dann, wenn ich aufs Schiff ging, einer Frau, die in einem dieser Abrisshäuser Unterschlupf gesucht hatte, jeden Tag Essen brachte. Sie hatte sich dort mit ihren drei Kindern verbarrikadiert, und es gab nicht mal Strom, aber was sollte sie machen, solange die Stadt eine Wohnung für sie suchte? Und was für ein Glück, dass die Stadtverwaltung nicht immer genug Geld hat, um Häuser abzureißen und neu zu bauen, also umwickeln sie das Haus mit diesem weißgelben Band, als wäre es ein Geschenkpaket, und wer in Not ist, bleibt vielleicht ein paar Jahre lang ungestört in dem Paket wohnen. Dort landeten meine Pullover, das weiß ich genau, wenn sie alt wurden und ich sie trotzdem behalten wollte, um mich unter der Regenhaut auszupolstern, aber Jude sagte: »Wie stehe ich dann da?«, und beschlagnahmte die Pullover.

An dem Tag jedenfalls, an Brandons erstem Arbeitstag, schien ich sie schon überzeugt zu haben, als sie plötzlich, wie es ihre Art ist, dem Gespräch eine andere Richtung gab.

»Fühlst du dich denn nie schuldig, Buddy?«

»Schuldig?«

»Ja, schuldig.«

»Schuldig, wie wenn ich einen Fehler beim Manövrieren mache, meinst du?«

…

»Du meinst, es ist meine Schuld, deine Schuld, dass Brandon so ist?«

…

»Nein«, sagte ich ehrlich. Da flüchtete sie in ein anderes Zimmer, um zu weinen. Und ich begriff, dass mein Nein sie alleinließ, und wollte sie auch auf meine Seite holen, auf der man sich nicht schuldig fühlt. Also lief ich hinter ihr her und umarmte sie, als würde ich sie nach vielen Monaten zum ersten Mal wiedersehen. Denn bei Jude war das so: Mit einem einzigen Wort konnte ich machen, dass sie sich verlassen fühlte, als wäre ich auf Reisen. Aber auch das Gegenteil: Auch aus sehr großer Entfernung konnte ich machen, dass sie sich beschützt fühlte, wie wenn ich bei ihr war. Ich wusste, dass ich diese schöne Verantwortung hatte. Darum erklärte ich ihr, während ich sie umarmte: »Wir haben nichts falsch gemacht, Jude. Wir haben kein krankes Kind gewollt, wir haben gesund gegessen, sind rechtzeitig zum Arzt gegangen ... Das Schicksal hat ihn schief rauskommen lassen, aber schau ihn dir doch jetzt an: Er ist so gerade wie möglich. Weswegen sollten wir uns schuldig fühlen?« Ich sagte *wir*, weil ich sie nicht auf einer Seite alleinlassen wollte, denn in Wirklichkeit fühlte ich mich ganz und gar nicht schuldig.

»Hast du verstanden, Jude?«

»Ja.«

»Versprichst du mir, dass du nicht vergisst, was ich dir gesagt habe?«

»Ja.«

Ein paar Tage später, ich packte gerade den Seesack, um wieder aufs Schiff zu gehen, knüpfte sie an dieser Stelle wieder an und sagte: »Ich fühle mich schuldig, weil ich gesünder bin als er, weil ich gesündere Füße habe, weil meine Augen besser sehen und mein Kopf schneller ist. Denn von ihm sagen sie, dass er behindert ist, und von mir sagt das keiner.«

Eins stand fest zwischen mir und Jude: Wenn Jude ehrlich war, war sie ehrlich. Und sagen, was man denkt, finde ich ehrlich.

Sie liebte ihn mehr als ich, mehr als alle anderen. Doch diese Liebe tat ihr weh. Jude hatte eine Wunde am Herzen, ja, das war es. Eine Wunde, die ihr das Herz durchbohrt und sie umgebracht hat.

»Infarkt.«

»Ich hab es ja gewusst ...«

»War Ihre Frau schon lange herzkrank?«

»Haben Sie meinen Sohn gesehen, Herr Doktor?«

»Ist es ein angeborenes Herzleiden?«

»Lassen wir das.« Dann rief ich Brandon zu mir: »Brandon, Mama ist tot.« Er sah uns an und blieb, wie er war. Ein bisschen ernst und ein bisschen nicht, ein bisschen wütend und ein bisschen glücklich. Er blieb Brandon.

»Brandon«, sagte ich, »ruf Tante Miriam in Dublin an, sag ihr, dass es ihrer Schwester schlechtgeht, aber sag ihr nicht, dass sie tot ist. Hast du verstanden?«

»Ja, wir tun nur so.«

»Genau. Sag ihr, sie soll sofort kommen, mit der ersten Fähre nach Birkenhead. Die Nummer hängt über dem Telefon, es ist die längste, die mit der langen Vorwahl. Hast du verstanden?«

Miriam sagte, sie wolle ein katholisches Begräbnis, denn so sei Jude aufgewachsen, und außerdem sei die katholische Kathedrale von Liverpool schöner als die anglikanische.

»Sie ist größer, Miriam, sie ist nur größer, nicht schöner. Und sie ist größer, weil ihr sie erst viel später gebaut habt und die genauen Maße hattet.«

»Von Politik will ich jetzt nichts hören, Bud.«

Ich ließ sie gewähren. Brandon war ihr eine große Hilfe, und während der Messe entdeckte ich, dass er die Antworten, die dem Priester im Gebet gegeben werden, alle genau kannte.

Ich betete für mich: »Verflucht nochmal, du bist doch ewig, Gott, was zum Teufel erlaubst du dir, was weiß jemand wie du schon von solchen Sachen, verdammte Scheiße.«

In den Tagen danach, als der Schmerz wie das offene Meer wurde, betete ich wieder normal: »Nimm's mir nicht krumm, Gott, dass ich nicht an diese Geschichte mit der Seele glaube. Versteh doch, das macht es nur noch schlimmer für mich. Wenn ich denke, dass Jude woanders ist und ich sie nicht mal anrufen kann, wie früher, wenn ich in einen Hafen kam, sobald ich an Land ging … ich schaffe das nicht. Hilf mir lieber, dass ich sie nicht zu sehr vermisse. Aber auch nicht zu wenig. Halt mich im richtigen Abstand zum Tod, Gott, verflucht noch eins.«

Denn der Tod ist diese enorme Verarsche, dass du zu spät kommst und einen Haufen Sachen, die du dem Menschen sagen und mit ihm machen wolltest, nicht mehr sagen und machen kannst. Ich zum Beispiel hatte vergessen, sie zu fragen – denn ich hatte immer bloß gedacht: »… das frage ich dann Jude« –, was zum Teufel man tun soll, wenn Brandon im Behave eine Stunde lang wartet und sich nicht hinsetzt. Soll man weggehen? Oder bleiben? Soll er mich sehen oder nicht? Solche Sachen wusste Jude, aber ich hab sie nie gefragt.

Und außerdem musste ich ihr natürlich sagen, dass sie nicht sterben soll, aber ich hab es nicht rechtzeitig getan.

Klar, so blöd bin ich nicht, dass ich glaube, es hätte irgendwas geändert. Es ist nur, dass ich ihr gern gesagt hätte: »Stirb niemals, Jude, nicht vor mir.«

In jener Nacht, vierzig Meilen westlich von Malta, sechzig Meilen südöstlich von Licata, fuhren wir durch einen Nebel, der nicht den geringsten Grund hatte, dort zu sein, als wir plötzlich einen schwimmenden Kranz sahen, leicht phosphoreszierend, und sein Durchmesser war vielleicht der einer Decksluke, nicht größer.

All die Jahre danach habe ich mich gefragt, ob das Atemgeräusch, das ich hörte, der umschlagende Wind war, der Nordwind, der zum Südostwind wurde, oder wirklich der Atem eines Menschen. Während wir uns näherten, sagte ich: »Da sind Menschen im Meer.« Ich war der Erste, der das sagte. »Sie leben.« Denn der Wind, der mir ins Gesicht blies, war warm, und um uns herum wogte ein Nebel, den es auf diesen Längengraden nie gibt.

Sie hatten sich an einen Käfig für Thunfische geklammert, kein Schlepper zog ihn, aber die Gewichte zogen ihn in die Tiefe, sehr tief hinunter, und es waren gute Gewichte, weil sie den Stößen der Thunfische standhalten mussten. Oben schwammen zwei kreisförmige Röhren und drum herum Menschen, die Köpfe draußen, die Körper im Wasser, wo sie in der Kälte der Nacht verfaulten, sich mit Salz vollsogen, und es war so viel Salz, dass es in ihre Körper eingedrungen war, darum sahen wir diesen Kranz in der Nacht von weitem leuchten. Denn Menschen können nicht so stark leuchten, glaube ich, wenn ihnen das Salz nicht bis zu den Augen steht.

Wir schalteten sofort die Motoren ab, um keine Wellen zu machen und um Stimmen zu hören. Doch niemand sprach.

»Sie sind tot«, sagten alle.

»Nein, sie leben.«

Sie konnten nicht sprechen, denn die Feuchtigkeit über

dem Meer hatte sich in ihre Kehlen gefressen. Und als wir sie mit unseren Suchscheinwerfern beleuchteten und sie uns ansahen, waren ihre Augen weiß und leer. Eine hektische Betriebsamkeit setzte ein, Jim überwachte die Rettungsaktion, und der Kapitän erkundigte sich nach den Hoheitsrechten für diese Küste, denn es war klar, dass sie von einem anderen Kontinent kamen. Ich zog einen von ihnen hoch, seine Hand war wie ein vereister Kohleklumpen, wie die, die man an der Küste Antwerpens findet, denn dorthin wurden sie aus Essen gebracht, und wir luden sie dann aufs Schiff. Seine Hand konnte nichts mehr greifen, also packte ich ihn am Handgelenk, und als ich ihn hochzog, hatte ich Angst, ihn kaputtzumachen, diesen riesigen Jungen von nicht mal zwanzig Jahren, der seine Jugend bei einem Schiffbruch verloren hatte. Wir gaben ihnen Wasser und Decken, und bis die Rettungsboote von der Küstenwache für die Umschiffung kamen, hielt ich diese Hand in meiner Hand. Nur um mich zu beruhigen: Ich wollte versuchen, aus dieser Kohle wieder Fleisch, aus diesem Eis wieder Finger zu machen. Wenn das ein Mensch ist, sagte ich mir, muss er Hände haben.

Dann verloren wir sie aus den Augen, an Bord der Schiffe von der Küstenwache, und unseren Kapitän mit ihnen. Als sie wegfuhren, tagte es schon, und jemand brachte uns Desinfektionsmittel, also taten wir, was getan werden muss. Der Umweg hatte uns zum Anlegen gezwungen, und wir würden ein paar Nächte vor der Insel ankern müssen, um die Formalitäten zu erledigen, doch ohne im Hafen anzulegen, ich weiß nicht warum, ob der Hafen zu klein war oder das Infektionsrisiko durch uns zu groß. Trotzdem freuten wir uns nicht, obwohl man sich meistens über unvorhergesehene Zwischenfälle freut, denn die halten einen auf. Und wenn man auf See ist und aufgehalten wird, wird die Reise nicht länger, sondern kürzer. In jener Nacht aber freuten wir uns nicht, wir fragten uns, wohin sie gebracht wurden, von wo sie gekommen waren und wohin sie gehen würden. Und der Küste näherten wir uns nur mit gedrosselter Schraube, denn keiner hatte Lust, Wellen zu machen.

Da sahen wir die ersten Lumpen, und als ich spürte, wie der Nordwind mir eisig über die Wangen strich, sagte ich: »Das sind Körper, Tote« – tatsächlich fischten wir ein paar mit Harpunen heraus, und auch die Fischerboote, die nach der nächtlichen Ausfahrt auf die Küste zusteuerten, sah man Leichen an Harpunenhaken hinter sich herziehen. Eine Frau, ich erkannte, dass es eine Frau war, weil ich ihre schwarze Brust im schwarzen Meer sah, zogen wir hoch, ihr Bauch war vom Wasser geschwollen, da spürte ich noch mehr Kälte und sagte: »Das ist nicht das Wasser, sie ist schwanger.«

Wir gingen an Land, da standen die Inselbewohner am Strand und redeten laut mit ihrer Polizei, und eine alte Frau, wirklich alt, von der man mir erzählte, sie habe die Insel nicht verlassen, seit sie hier auf einem Küchentisch zur Welt gekommen war, sagte etwas, was Robert übersetzte: »Wer weiß, welches Kreuz sie in ihren Ländern tragen mussten, dass sie herkommen, um auf unserer Erde zu sterben.« Kreuz war eine Anspielung auf die Art und Weise, wie Jesus Christus gestorben ist, erklärte Robert.

Da habe ich an mein Kreuz gedacht. Denn bei mir ist es immer so, dass ich selbst leide, wenn ich wegen den anderen leide, und einmal, als ich an Land ging, musste ich sofort zu

Hause anrufen, es war noch vor Tagesanbruch, und Jude ist wegen mir panisch aus dem Bett gesprungen, weil sie friedlich schlief, denn ich war ja auf dem Mittelmeer und hatte ihr tausendmal gesagt, dass es noch keinem Angst gemacht hat, seit das Meer geschaffen wurde.

Dann wurde sie sofort ruhiger, denn sie hörte meine Stimme und erzählte mir, dass sie auf dem Weg zum Telefon, das nur ein paar Schritte weg ist, im Geist schon die ganze Szene konstruiert hatte. Sie rechnete fest damit, dass sie die Stimme eines Fremden hören würde, in einer unbekannten Sprache oder in schlechtem Englisch, die ihr den Namen eines Krankenhauses oder eines Leichenschauhauses nennen würde. Stattdessen war es meine Stimme, die sie aus dem Schlaf geweckt hatte. Ich war derjenige, der weinte, ich rief sie in Merseyside an, um zu fragen, ob es ihr und Brandon gutging, und um ihr zu sagen, dass es mir schlechtging, dass ich mich in einem Meeresarm aufgelöst hatte.

Das war etwas, was mir jetzt seltsam vorkommt, wenn ich darüber nachdenke: In jener Nacht ging es mir an keinem Ort der Welt mehr gut. Natürlich war es eine Nacht wie tausend andere, wo man gemütlich an Land im Warmen sitzen und trinken kann und plaudern und die jungen Männer beobachten, wie sie sich vor den Dorfmädchen aufspielen. Aber so war es nicht, und ich musste mir andauernd sagen, dass es Jude, Brandon und mir gutging oder wenigstens wie immer. Der Kopf wusste, dass dieser Gedanke richtig war. Aber die Brust bekam keine Luft. Der Kopf dachte, und der Körper ging eigene Wege. Wenn ich gekonnt hätte – das war mein Wachtraum in jener Nacht, die einzige Vorstellung, die mir ein bisschen Ruhe verschaffte –, wäre ich über das Meer gerast, ohne je stehen zu bleiben, aber zu Fuß, nicht mit dem Schiff. Das Schiff machte mir Angst.

Auf der Insel gab es diese Kirche, die wirklich hässlich war, auf einem hässlichen Platz. Es ist eine katholische Kirche. Nicht deswegen ist sie hässlich, sondern weil die Leute, die an Land leben, wenig Ahnung haben, und Architekten leben an Land.

Jedenfalls bin ich in diese Kirche gegangen und habe mich hingekniet und Gott gebetet, mir zu helfen, mir vor allem diese Angst aus der Brust zu nehmen, denn die würde mich bald krank machen. Und ich darf nicht krank werden, weil mein Sohn schon immer krank gewesen ist, und das hat uns die Möglichkeit genommen, selbst krank zu werden. Das erste Gebet war also mehr oder weniger mein übliches Gebet, dazu noch diese Sache mit der Angst. Und dann, während der da mich langsam heilte, habe ich mir seinen Kopf angeguckt, den von seinem Sohn – das ist der, der am Kreuz hängt, blutet und einen Kranz aus Dornen trägt –, und als ich diesen Kranz sah, bin ich wirklich stinksauer geworden, wie ein Sturm.

»Behave«, habe ich gesagt, »benimm dich anständig, Gott, zeig, dass du Respekt hast, und nimm dir diesen Kranz aus Dornen ab.«

Nach meiner Rückkehr habe ich meine Rente beantragt. Es war der 12. Oktober 1998, am 8. März des darauffolgenden Jahres ist Jude gestorben.

Als ich wieder ins Behave reingehe, reicht George mir ein Pint, und ich behalte es, ich nehme es, ohne mich bei ihm zu bedanken, denn George mag kein Getue. Wieder betrachte ich Brandons Silhouette, von hinten, er hat sich nicht gerührt, steht noch immer dort und wartet, vollständig angezogen, die Tasche in der geröteten Hand, angespannt. Ich blicke zu den Tischen und rechne aus, auf wie vielen noch volle Teller sind und wo halbleere stehen. Wartende gibt es nicht mehr. Also wird es so laufen: Wenn der erste dieser Tische frei wird, wird Brandon noch eine Weile stehen bleiben und aussehen wie eine dieser Aufziehpuppen, wo das Band ganz eingerollt ist, und niemand zieht sie wieder auf, und wenn er dann sieht, dass keiner ihn beobachtet, keiner ihn überholt, keiner ihn fragt: »Waren Sie vor mir da? Möchten Sie sich setzen?«, dann wird er sich setzen. Es wird nicht mehr lange dauern. Ich trinke mein Pint halb aus, und mein Sohn Brandon krümmt den Rücken, aber das ist nicht Müdigkeit und auch nicht das Gewicht – er merkt es einfach nicht. Brandon sieht nicht, wie andere sich bewegen oder wie andere stillstehen, Brandon ist Brandon, und die anderen, die ganze Welt der anderen, meine ich, kann gegen einen wie ihn herzlich wenig ausrichten. Aus demselben Grund steht ihm seit fünfunddreißig Jahren der Mund offen und die Zunge liegt zwischen seinen Zähnen, und er schluckt die Spucke nur runter, wenn er sprechen muss. Sein Unterkiefer wiegt schwer, er fällt von selbst herunter. Jude hat ihm oft gesagt, er soll den Mund zumachen, aber das war, als sie noch dachte, dass er es allein nicht schaffen würde und dass es umso glatter laufen würde, je ähnlicher er den anderen war. Denn so ziemlich alle Menschen machen den Mund zu, und die Zunge sieht man nicht. Darauf muss man achten. Ich auch. Aber obwohl ich mich bemühe, und ich habe mich in diesen fünfunddreißig Jahren sehr oft bemüht und geübt, wenn niemand mich beobachtete, trotzdem passiert mir das auch, immer wenn ich mich gehenlasse, wenn ich nicht dran denke oder einfach vergesse, dass man den Mund zumacht wie die Kragenknöpfe, wenn man einen Schlips umbindet, um zum Sunday Service zu gehen, dass mir der Unterkiefer runterfällt und die Zunge ein bisschen rausschaut. Dann schaue ich mich im Spiegel an und bin wirklich glücklich, denn dann bin ich wieder so, wie wir als junge Menschen waren und mit der Babytragetasche durch die Stadt gingen, und wenn wir jemandem begegneten, sagte der: »Ganz der Vater.« Und Jude wurde fuchsteufelswild.

Ah, er hat sich hingesetzt. Jetzt nimmt er die Tischnummer, steht wieder auf und geht zur Theke, und seine riesigen Brillengläser sind vom Schweiß beschlagen.

»Sandra, hast du gesehen? Mein Vater ist da …«

»Ja. Was möchtest du, Brandon? Wenn du dich nicht beeilst, macht die Küche zu.«

»Hallo Brandon, deine Brille ist beschlagen.«

»Es ist warm. Ich möchte ein Labskaus und für Papa auch eins.«

»Okay, danke.«

Also stellen wir unsere Tischnummer vor die Brüste der Kellnerin und gehen an unsere Plätze zurück. Wir ziehen unsere Jacken aus.

Hier geht das so: Erst nimmst du dir einen Tisch und lässt deine Sachen draufliegen, dann siehst du dir die Nummer an, die auf dem Tisch steht, gehst zur Kasse und bestellst, und wenn das Essen fertig ist, bringen sie es dir an den Tisch mit dieser Nummer. Aber Brandon hat mit diesen Nummern lange ein ziemliches Durcheinander heraufbeschworen, die Zwiebelsuppe landete bei jemandem, der Zwiebelsuppe hasste, oder Brandon musste für Sachen bezahlen, die er gar nicht bestellt hatte. Also haben er und die Kellnerin sich diese Sache mit der Tischnummer ausgedacht: Er bringt sie ihr zusammen mit seiner Bestellung, so klappt es.

»Samstags bist du immer scheißpünktlich wie die Maurer, was, Papa?«

»Ich mag nicht, wenn du solche Wörter benutzt.«

»Ganz ruhig, ich bezahle.«

»Was hat das damit zu tun?«

»Du bist nervös. Aber ganz ruhig, ich bezahle, und ich hab dir den Platz freigehalten.«

»Danke.«

So essen wir unser Labskaus, und als wir fast fertig sind, spüre ich eine Kälte, als hätten sie hinter meinem Rücken die Tür aufgemacht, und ich drehe mich um, um zu sagen *Verdammte Scheiße, macht die Tür zu, da kommt eine Arschkälte rein*, und sehe die Sozialarbeiterin, die einen Kaffee bestellt. Inzwischen ist auch sie pensioniert, aber innerlich ist sie Sozialarbeiterin geblieben. Brandon will den Arm heben, um sie zu grüßen, aber ich halte ihn zurück: »Still, sie soll uns nicht sehen, komm, wir gehen hinten raus, los.«

»Warum denn?«

»Die ist tot, Brandon. Sie ist tot und merkt es nicht, los, gehen wir, sei still.«

»Wie dumm du bist, Papa«, sagt er, während wir durch die Hintertür schlüpfen, wir sind praktisch die letzten Gäste, und draußen ist die Stadt voller Regen, der bald kommen muss.

Wir gehen nach links, Richtung Meer, um bei Lewis einen Kaffee zu trinken, der so viel kostet wie das ganze Mittagessen im Behave, ein Kaffee im Obergeschoss von Lewis, doch Brandon und ich genießen es sehr, uns auf die warmen kleinen

Sofas vor der Fensterfront zu fläzen, rauszugucken und abzuwarten, was die Sonne macht.

Heute macht die Sonne einen violetten Ring hinter dem Liverpool One, und aus den Pfützen Meer, die man noch sieht, steigt die Nacht auf.

»Du glaubst nicht, wie mich das Liverpool One anwidert.«

»Red keinen Scheiß, Papa, es ist wunderschön.«

»Sag nicht Scheiß, Brandon. Es ist nicht wunderschön und zu nichts zu gebrauchen.«

»Es ist zu was zu gebrauchen, weil es modern ist, Papa, es ist neu.«

»Erstens: Ich glaube, man verlässt sich zu sehr auf die Leute, die an Land leben, und Architekten leben an Land, und sie haben es nicht hingekriegt. Zweitens, man verlässt sich zu sehr auf die Könige oder Minister, denn die wissen einen Scheiß davon, was Liverpool braucht, und drittens …«

»Du hast Scheiß gesagt.«

»Weil du es sagst, und lenk nicht ab.«

»Und drittens?«

»Und drittens, keine Ahnung. Aber sag mir, wozu man es brauchen kann.«

»Von dort oben hat man einen guten Blick auf den Hafen.«

»Den Hafen konnte man auch früher gut sehen, Brandon. Früher gab es einen Hügel, bloß dass es ein von Gott gemachter Hügel war, und keine Königin ist auf die Idee gekommen, obendrauf ein Blechschild anzubringen.«

»Der war nicht so hoch.«

»Wenn ich's dir doch sage: Am Tag bevor wir aufs Schiff gingen, sind Bill und ich immer auf den Hügel gestiegen und haben das Schiff gesehen, das von weitem hereinkam, und

von da an haben wir die Stunden bis zu unserer Fahrt ge-
zählt.«

»Und darum ist es schön ...«

»Warum ist es schön?«

»Weil es modern ist.«

»Ich finde es beschissen.«

»Was gefällt dir eigentlich noch, seit Mama tot ist, Papa? Sag
mir irgendwas, was dir gefällt.«

Himmelherrgott, das überlege ich mir jetzt gut.

»Überleg dir gut, was du Brandon antwortest«, sagte Jude.
»Es ist deine einzige Chance, ihm so viel Liebe zu geben, wie
er braucht.« Dabei war mir nicht mal klar, was *Überleg dir gut*
bedeuten sollte, denn ich habe mir eigentlich immer alles genau überlegt, schon bevor ich mit Jude zusammen war. Aber
auch das war nur ein Training.

Sich etwas gut zu überlegen ist so, als würde man einem
Seemann alle Messinstrumente wegnehmen, sogar den Kom-
pass, und ihm sagen, er soll das Schiff nach diesem einen Stern
dort steuern, aber wirklich.

Um diese Zeit wäre das ein Kinderspiel, denn das Grün des
Himmels ist unter den Docks verschwunden, und dafür ist die
Venus aufgestiegen. Ihr zu folgen ist kinderleicht, ich betrachte sie und sage zu Brandon: »Mir gefällt diese Kellnerin im Behave, die mit den großen Titten.«

»Meinst du Sandra?«

»Ja, Sandra.«

»Du tickst ja nicht richtig, Alter, komm, wir gehen nach
Hause.«

»Was hast du bloß immer mit den Weibern zu reden, da
komme ich wirklich nicht mit ...«

RESPEKT VOR DEM, DER ES WEISS

»Igitt, wie eklig ... nein, das kann ich nicht.«

Ich bin nicht zimperlich, ich schreie nicht, wenn ich bei mir zu Hause eine Fledermaus entdecke, Mücken erledige ich treffsicher, indem ich einfach in die Hände klatsche, wie zum Applaus. Doch wir hatten uns auf dem Boot so wohl gefühlt, hatten gar nicht gefroren, nur ein bisschen an den Armen und nur so lange, wie die Sonne brauchte, um hinter dem Monte Somma aufzusteigen. Und hatten uns später auch keinen Sonnenbrand geholt, während Gianni das Netz hochzog und Ciro die Fische aus dem Maschengewirr befreite, ohne sie zu beschädigen, denn er fädelte sie wie eine Häkelnadel heraus.

Wir hatten uns so wohl gefühlt, dass ich mich entspannte und mir nicht mal einfiel, ins Wasser zu springen. Ich musste das Steuerruder halten, einer unsichtbaren Regel gehorchend: Wenn der Bug mit dem Ende der Mole und dem Kirchturm von Santa Maria del Carmine die obere Spitze eines Dreiecks bildete, waren genau dort die Netze.

Im Fegefeuer des Eimers, der am Bootsende stand, zuckten die Fische, ein Tintenfisch wehrte sich mit seiner ganzen verfügbaren Ladung Tinte, ein Mönchsfisch entkam seinem Schicksal. Zurück an den Absender, damit er uns Glück brachte. Auf der Rückfahrt teilten sie mich für die Stachelschnecken ein: sie aus dem Netz zu pflücken, um das Netz zu retten.

Es war erst beim Anlegen passiert, zwischen den an Land gezogenen Motorbooten, den Pinien, den stillstehenden Karussells am Molo Siglio, wo ein Pförtner vom Ruderclub sich als Ordnungshüter aufspielte; erst dort hatte Ciro eine Meerbarbe aus dem Eimer genommen, ihr den weichen Kopf abgerissen, während sie noch zappelte, und sie mir mit blutverschmierter Hand zum Essen angeboten.

»Igitt, wie eklig … nein, das kann ich nicht.«

Unterdessen kamen andere Arbeiter vom Meer zurück, dazu Eisenbahner und ein paar Postangestellte, all jene, die von April bis September ein Boot zu Wasser lassen, um ihr Gehalt aufzubessern. Aber auch aus Sehnsucht. Und vom Land kamen die Köche der Restaurants, die, die nicht warten, bis der Markt an der Porta Nolana öffnet, denn sie wissen es. Und kaufen hier etwas und da etwas.

Kurz, jetzt galt es zu verkaufen. Mir stand ein Tintenfisch zu, den ich in der Blumenvase auf dem Schreibtisch in Schach halten würde, während ich mich mühsam mit der Buchhaltung herumschlug. Vier Stunden vormittags, vier Stunden nachmittags.

»Madonna, Ciro, hören Sie auf damit, ich habe Ihnen doch schon gesagt, dass ich das nicht kann.«

»Und so wollen Sie lernen, Fisch zu essen?«

»Was soll das heißen? Esse ich etwa keinen Fisch?«

»Ja, aber was für einen Fisch essen Sie, wissen Sie das?«

Das war nicht nur so eine Frage. Seit drei Wochen führte Lello, der Lagerverwalter, mich freitagabends zum Essen aus. Manchmal auch sonntags. Die anderen wussten, dass wir gerne zusammen waren, sogar wir wussten es, wir merkten es, wenn wir ein bisschen schwankend vom Tisch aufstanden und ich mich auf seinen Arm stützen musste, bis die frische Luft draußen mich wieder etwas belebte.

Wir hatten schon sämtliche Trattorien ausprobiert, waren, angefangen bei den Treppen des Botanischen Gartens, bis nach Pozzuoli gekommen, und man hatte uns Stockfisch mit Kartoffeln, panierte Sardellen im Ofen und frittierte Jungfische vorgesetzt. Das war der Fisch, den wir aßen.

Ich bemühte mich nicht mal um eine Antwort. Mir war klar, dass ich es tun musste, und zwar sofort. Wenn sie mich auf ihrem Boot duldeten, musste ich ihre Gesetze akzeptieren.

Ich schnitt ein winziges Stück Meerbarbe ab. Die rosa Haut blieb am Fleisch haften, ich steckte mir alles in den Mund, ohne nachzudenken. Schluckte es runter.

Ein fruchtiger Geschmack blieb mir auf der Zunge. Ohne Aufforderung erkannte ich von selbst, dass das zu schnell gegangen, dass der Widerwille irreführend gewesen war. Ich schnitt noch ein Stück ab, kaute es langsam, um es zu erwärmen. Wieder spürte ich einen süßen Fruchtgeschmack. Ich sah Ciro an: »Köstlich ... na und?«

Unsere sonntäglichen Streifzüge durch die Trattorien machten sich allmählich im Geldbeutel bemerkbar. Natürlich war es ein guter Vorwand, sich an einen Tisch zu setzen: Das Gericht brachte den Gesprächsstoff gleich mit, setzte ihn durch. Doch auf die Dauer setzte sich auch die Rechnung durch. Ich bat: »Lass uns teilen«, konnte mich damit aber nie behaupten.

Lello wusste, dass ich recht hatte, und auch, dass ich mehr verdiente als er, aber er begnügte sich damit, ein bisschen verlegen zu sein und mir ein kleines Zugeständnis zu machen: »Du zahlst den Kaffee ...«

Die Namen der Restaurants holten wir uns aus dem gemeinschaftlichen Gedächtnis zurück: dem eigenen, unserem gemeinsamen, dem der Fabrik. Ciro und Gianni drohten mit dem Hinterland: »Von denen lasst ihr euch doch für dumm verkaufen … ihr wisst ja nicht mal, wo der Fisch herkommt.«

Zu Hause machte ich mich an die Arbeit. Zuerst opferte ich den Tintenfisch. Ich schnitt eine dünne Lamelle ab, hielt sie unter fließendes Wasser, probierte.

»Was hinten am Gaumen zurückbleibt, nachdem Sie den Bissen geschluckt haben. Das ist der Geschmack von Fisch.«

Ich kaute das feste, fast elastische Fleisch.

Was zurückblieb, wurde für mich zum Wesen des Tintenfisches. Wenn es diesen Geschmack gab, gab es ihn immer. Nach dem Braten, im Schmortopf mit Erbsen – wenn der Tintenfisch frisch war, kehrte dieser Geschmack, dieses einzige, ganz einfache Prinzip, das jeder Tintenfisch in sich trägt und erst einen Tintenfisch aus ihm macht, immer wieder in meinen Mund zurück.

Schon am nächsten Sonntag, als Lello am Granatello-Hafen den letzten Rest Suppe mit Brot auftunkte, schüttelte ich den Kopf. Ich hatte angefangen, Fisch zu erkennen, doch wenn er in einem so schweren Sud ertränkt war, fühlte ich mich nicht sicher genug für ein Urteil. Zu Hause setzte ich das Probieren mit einem roten Drachenkopf fort.

Seitdem begnüge ich mich auf dem Markt nicht mehr damit, die Bäuche der Meeräschen zu berühren, um zu prüfen, wie viel Widerstand sie dem Druck entgegensetzen. Es reicht mir nicht mehr, dass das Auge klar ist und die Rückengräte gebogen. Ich stürze wie eine Furie ins Ladeninnere und verlange, dass ich die Kisten durchsuchen darf, kratze Schuppen mit dem Fingernagel ab. Von aufgeschnittenen Fischen fordere ich eine Kostprobe, als wären es Melonen.

Und in den Trattorien schicke ich die Miesmuscheln in die Küche, die Jungkraken zu den Köchen zurück. Für meinen Verdruss lasse ich mich nicht durch eine zweite Portion entschädigen. Ich schicke nach den Besitzern, drohe, laut zu werden, werde dann unvermeidlich laut. Die Gäste an den Nachbartischen fangen an, zweifelnde Blicke auf ihre Teller zu werfen.

Lello errötet dann bis unter die Haarwurzeln: »Was ist los mit dir?«, fragt er, während er mich nach draußen zieht.

Aus der Küchentür aber schaut mir der Koch hinterher, mit dem Respekt, der denen gebührt, die es wissen.

99/99/9999

Jeder ist ein Mittelpunkt der Welt,
aber eben jeder, und nur weil die Welt
von solchen Mittelpunkten voll ist,
ist sie kostbar.

Elias Canetti, *Das Gewissen der Worte*

Wie jeder Gefangene, der diesen Namen verdient, würde er in der Zelle sterben.

Die anderen Namen sind: Inhaftierter, wie man von mir sagt, oder Häftling, wie mein Großvater gesagt hätte, oder Zuchthäusler, wie es in Büchern geschrieben steht. Wir sind diejenigen, die früher oder später rauskommen.

Er nicht.

Als ich zum ersten Mal mit ihm sprechen konnte, das heißt, als mir nach fünf Tagen und fünf Nächten hier drinnen, eingeschlossen zwischen Zelle und Latrine, Latrine und Zelle, zum ersten Mal wirklich klar wurde, was mir hier passierte, hat er mir ein Experiment vorgeschlagen.

Er sagte: »Zähl im Stillen sechzig Sekunden ab. Weißt du, wie man das macht?« Natürlich wusste ich das, ich lese gern. Er dagegen schien mir ungehobelt, obwohl er mir ein Experiment anbot, keinen Tabak.

»Einverstanden«, sagte ich. Und wir blieben so stehen, während ich zählte.

Sechzig Sekunden sind ungefähr:

Mississippi eins Mississippi zwei Mississippi drei Mississippi vier Mississippi fünf Mississippi sechs Mississippi sieben Mississippi acht Mississippi neun Mississippi zehn Mississippi elf Mississippi zwölf Mississippi dreizehn Mississippi vierzehn Mississippi fünfzehn Mississippi sechzehn Mississippi siebzehn Mississippi achtzehn Mississippi neunzehn Mississippi zwanzig Mississippi einundzwanzig Mississippi zweiundzwanzig Mississippi dreiundzwanzig Mississippi vierundzwanzig Mississippi fünfundzwanzig Mississippi sechsundzwanzig Mississippi siebenundzwanzig Mississippi achtundzwanzig Mississippi neunundzwanzig Mississippi dreißig Mississippi einunddreißig Mississippi zweiunddreißig Mississippi dreiunddreißig Mississippi vierunddreißig Mississippi fünfunddreißig Mississippi sechsunddreißig Mississippi siebenunddreißig Mississippi achtunddreißig Mississippi neununddreißig Mississippi vierzig Mississippi einundvierzig Mississippi zweiundvierzig Mississippi dreiundvierzig Mississippi vierundvierzig Mississippi fünfundvierzig Mississippi sechsundvierzig Mississippi siebenundvierzig Mississippi achtundvierzig Mississippi neunundvierzig Mississippi fünfzig Mississippi einundfünfzig Mississippi zweiundfünfzig Mississippi dreiundfünfzig Mississippi vierundfünfzig Mississippi fünfundfünfzig Mississippi sechsundfünfzig Mississippi siebenundfünfzig Mississippi achtundfünfzig Mississippi neunundfünfzig Mississippi sechzig.

»So«, sagte er, »ist dir klar, wie viele es davon in einer Stunde gibt? Und an einem Tag? Und wie viele Tage es in einem Jahr gibt? Jedes einzelne Teilstück dieser Zeit, der Zeit meines Lebens, werde ich hier drinnen verbringen. Dann werde ich sterben, und erst danach werde ich hier rauskommen. Manchmal stelle ich mir vor, wie schön mein Sarg sein wird, umgeben von Luft, von Sonne, vielleicht werden sie ihn auf den Schultern bis zu einem Karren tragen, dann wird dieser Karren abfahren und die Wolken sehen, wird mit seinen Rädern durch eine Pfütze rollen und die Kleider einer Frau bespritzen, wird durch Straßen mit hohen Häusern fahren, die ihm die Sicht versperren, oder breite Straßen ohne Grenzen ringsum, nur ein Fluss, das Ufer eines Flusses, hoffentlich … vielleicht … Nein, das Meer nicht, glaube ich, das Meer werde ich nicht mal als Toter sehen.«

Kaum hatte er *Meer* gesagt, bekam ich Lust, das Meer zu sehen, kaum hatte er es gesagt, verspürte ich ungeheure Trauer über die Gefangenschaft und über mich selbst in Fesseln und weinte bitterlich. Vielleicht glaubte er, ich würde um ihn weinen, aber ich weinte um mich.

Erst einige Zeit später erkannte ich, dass er ein Vielfaches von mir selbst war. Dass er der Entzug von allem war, was ein Mensch erfährt: Er war all das, was verweigert werden kann, und nur das. Im selben Augenblick wusste ich, dass er mein Trost sein würde, ja, ich wollte ihn sogar sprechen hören, um mir im Stillen erfreut sagen zu können: »Ein wenig von dem Schmerz, den du beschreibst, ja, den empfinde ich auch. Aber meiner wird aufhören, deiner nicht.«

Wenn ich dann Sehnsucht nach der Freiheit, der Straße, dem Wetter, dem Markt, nach Zuneigung und der Wechselbewegung der Beine beim Gehen hatte, musste er mich daran erinnern. Und all das tauchte so weit weg und verschwommen in ihm auf, dass ich zufrieden zu meiner Hoffnung zurückkehrte, es bald wiederzusehen. Besser gesagt, er hatte zwar eine Vorstellung von diesen Dingen, aber sie war unterdessen durch die Bilder anderer, durch Beschreibungen in Büchern und Zeitungen verwandelt worden – durch das, was ihm die Welt ersetzt hatte.

Als ich Sehnsucht nach meiner Mutter hatte, fragte ich ihn nach seinem Sohn.

Er erzählte mir, dass er ihn, als er noch ein Kind war, sehr selten gesehen habe und dass sich sein eigener Name und sein eigenes Gesicht in der Vorstellung des Sohnes ständig veränderten, dem Rhythmus der mütterlichen Worte folgend. Er wachse in dem Kind, sagte er, in den Bildern und Gedanken, die sich der Sohn über einen weit entfernten Vater machte, der ihn eines Tages in die Welt gesetzt hatte und dann von der Welt getrennt worden war. Der Gefangene spürte Ausläufer seines eigenen Lebens in den Schritten des Kindes, in dessen Blicken, die er nicht sah, sich aber vorstellen konnte. Er spürte, dass er in diesem Körper wuchs, wie Ideen wachsen, wenn man sie nicht aufgibt.

Als er zwölf Jahre alt wurde, habe er offen mit ihm gesprochen, allein, bei einem hastigen Treffen, überwacht von den Gefängniswärtern. Er habe zu ihm gesprochen, und obwohl er wusste, dass er ihn verlieren würde, habe er gesagt: »Hör zu. Ich werde nie mehr hier rauskommen.«

»Wie meinst du das, nie? Mama sagt, eines Tages wirst du rauskommen.«

»Hast du dich mal gefragt, wann dieser Tag sein wird?«

»Mama sagt, eines Tages wird ein neuer Richter kommen und dich freilassen.«

»Nein, das stimmt nicht. Ich werde nie herauskommen.«

»Nie, was bedeutet das? Was steht im Urteil?«

»Da steht: Ende der Haftzeit: 99/99/9999. Ich werde hier

drinnen sterben, für mich gibt es nur eine Hoffnung auf Freiheit: Wenn ich einen anderen verpfeife.«

Denn seine Strafe war keine, die abgesessen werden konnte: Man ertrug sie und Schluss, wie die Todesstrafe. Doch die zum Tode Verurteilten werden verabschiedet, und dann wissen sie nichts mehr. Hier dagegen war das Wissen die Folter. Bis sechzig zu zählen, und zu wissen, dass die Zeit vergehen muss, und der Gefangene bleiben muss. Wer wie er dazu verurteilt war, dem blieb keinerlei Hoffnung, jemals aus dem Gefängnis herauszukommen, wenn er nicht einen anderen an seiner Stelle ins Gefängnis schickte.

»Papa«, hatte der Junge gesagt, als er ging, ganz plötzlich erwachsen geworden und von den Wärtern zum Gehen gedrängt, »es gibt keinen Tag 99. Die Tage enden mit dem dreißigsten, höchstens dem einunddreißigsten. Und es gibt keinen Monat 99, nur zwölf Monate.«

»Ich weiß.«

»Was bedeutet das dann, Papa? Machen sie sich über dich lustig?«

Wie bei jedem Gefangenen, der diesen Namen verdient, erinnerte sich keiner mehr daran, warum er saß.

Wer hätte sich denn auch erinnern können, und wie hätte man dieses Andenken wachhalten sollen? Schon seit dreiundzwanzig Jahren war der einzige Ortswechsel, der seinem Körper gestattet war, der von einer Zelle in die nächste. Anderthalb Jahre lang hatte man ihm tägliche Isolationshaft auferlegt, und er hatte mit den Ameisen gesprochen, um nicht verrückt zu werden, denn der Mensch muss mit etwas sprechen, was sich bewegt, etwas, was ihm ähnlicher ist als der

Stein, der ihn einschließt. Er hatte einmal einen Gott gehabt, dem eine barmherzige Mutter erlaubt hatte, sich in einem Haus zu zeigen, das nur Armut und Raub kannte. Dann war Gott fortgegangen, zusammen mit der Jugend, und hatte ihm die Insekten als Gesellschaft gelassen. Er beneidete die Ameisen, nicht um ihr gedankenloses Dasein, sondern weil sie viele waren, alle gleich, und organisiert zum Wohle aller.

Als er in die Zelle gegangen war, hatte er geglaubt, ein Verbrecher zu sein, doch das brutale Gefängnisregiment hatte ihm bald gezeigt, dass die Behörden schlimmer waren als er.

Und das war kein tröstlicher Gedanke, denn man akzeptiert die Strafe nur, wenn man den, der sie verhängt, im Recht glaubt. Nur Vergebung kann Schuldgefühle in uns wecken. Er aber, der für immer hier drin bleiben würde: Dieses *für immer* war so ungeheuerlich, dass es ihn augenblicklich zu einem Unschuldigen machte.

Als ich ihn kennenlernte, in den zwei Monaten, in denen wir eine Zelle teilten, war er sich dessen bereits absolut gewiss. Er erklärte es mir mit müheloser Klarheit, als hätte er seine Ideen jahrelang blankgerieben. Und ich bewunderte ihn, denn was ich für einen Lebensweg hielt, der zwangsläufig in den Wahnsinn führen muss – das Gefängnis für immer, der Tod im Leben, das Dasein ohne Morgen und doch mit einem Morgen –, hatte sich allein kraft seines Willens und gegen die Absicht der Behörden, denen er als Wahnsinniger zweifellos lieber gewesen wäre, in einen Weg der Bewusstwerdung und Tugend verwandelt. Bei seinem Eintritt ins Gefängnis kaum des Lesens und Schreibens mächtig, hatte er die letzten zwanzig Jahre seines Lebens dem Lernen gewidmet. Immer wieder sagte er mir, dass er seinen festen Entschluss, einen Studienabschluss zu machen, den Büchern, nicht dem Leben im Gefängnis verdanke. Er hatte das Jurastudium gewählt, um sein Leben und dessen verlogenes Versprechen auf die beste Weise zu verkörpern, und jetzt begann er, Philosophie zu studieren.

Und darum: Selbst wenn es jemanden gegeben hätte, der sich erinnerte, warum er dort drinnen gelandet war – inzwischen war dieser Mann, den ich vor mir hatte, dem Jungen, der ins Gefängnis gekommen war, zu unähnlich geworden, als dass man dieselbe Person mit derselben Strafe in Zusammenhang hätte bringen können.

Doch die Welt war ohnehin nicht mehr daran interessiert, ihn zu kennen. Nur er hatte ein ehrliches, starkes Interesse daran, zu erfahren, wer er selbst war, und unaufhörlich suchte er sich, den neuen Menschen, weil er der Mittelpunkt der Welt war. In dreiundzwanzig Jahren habe ich die Grundschule, die Mittelschule und das Gymnasium besucht, und als ich kurz vor dem Studienabschluss stand, habe ich eine Dummheit gemacht, deshalb muss ich jetzt eine Zeitlang hier drin sitzen. Aber dreiundzwanzig Jahre sind nicht nur die Zeit, in der man sich dem Lernen widmet: In dreiundzwanzig Jahren passieren auch Dinge.

Der Mann, der ihn verriet, ist tot, der Richter, der ihn verurteilte, sehr alt und lebt auf dem Land, fünfzehnmal hat der Regierungschef gewechselt, drei Päpste und 1 233 057 600 Menschen sind gestorben. Geboren sind 3 046 377 600. Regime sind zusammengebrochen, und neue sind hervorgegangen; man prägt neue Münzen, und manche Staaten gibt es nicht mehr. Andere haben begonnen zu existieren. Seine Tochter hat geheiratet und Zwillinge bekommen, einer der Jungen heißt wie er; morgen feiern die Zwillinge ihren fünfzehnten

Geburtstag. Die beiden Platten der San-Andreas-Verwerfung haben sich 23 Zentimeter voneinander entfernt, und man hat ein Teilchen entdeckt, das sein eigenes Antiteilchen ist.

Der Gefangene saß hier drinnen.

Fest.

Sein Geist jedoch nicht, der folgte dem Rhythmus der Welt, ohne ihm hinterherlaufen zu können, und hatte den Fluchttunnel in die einzig erlaubte Richtung gegraben: in sein Inneres. Und in der Tiefe hatte er die tektonischen Beben erreicht und überwunden, dann war er zersplittert, hatte sich verkleinert und ausgedehnt, bis er sich mit der Geschwindigkeit des Gottesteilchens bewegte. Ohne dem Leben hinterherlaufen zu müssen, war der Gefangene der freieste aller Menschen und litt wie alle Menschen zusammengenommen.

Heute ist es ein Jahr her, seit ich wieder draußen bin, seit mein neues Leben begonnen hat, der erlöste Zustand. Und jeden Tag denke ich an ihn. Wenn ich an ihn denke, mache ich das Experiment. Ich zähle. Sechzig Sekunden sind ungefähr:

Mississippi eins Mississippi zwei Mississippi drei Mississippi vier Mississippi fünf Mississippi sechs Mississippi sieben Mississippi acht Mississippi neun Mississippi zehn Mississippi elf Mississippi zwölf Mississippi dreizehn Mississippi vierzehn Mississippi fünfzehn Mississippi sechzehn Mississippi siebzehn Mississippi achtzehn Mississippi neunzehn Mississippi zwanzig Mississippi einundzwanzig Mississippi zweiundzwanzig Mississippi dreiundzwanzig Mississippi vierundzwanzig Mississippi fünfundzwanzig Mississippi sechsundzwanzig Mississippi siebenundzwanzig Mississippi achtundzwanzig Mississippi neunundzwanzig Mississippi dreißig

Mississippi einunddreißig Mississippi zweiunddreißig Mississippi dreiunddreißig Mississippi vierunddreißig Mississippi fünfunddreißig Mississippi sechsunddreißig Mississippi siebenunddreißig Mississippi achtunddreißig Mississippi neununddreißig Mississippi vierzig Mississippi einundvierzig Mississippi zweiundvierzig Mississippi dreiundvierzig Mississippi vierundvierzig Mississippi fünfundvierzig Mississippi sechsundvierzig Mississippi siebenundvierzig Mississippi achtundvierzig Mississippi neunundvierzig Mississippi fünfzig Mississippi einundfünfzig Mississippi zweiundfünfzig Mississippi dreiundfünfzig Mississippi vierundfünfzig Mississippi fünfundfünfzig Mississippi sechsundfünfzig Mississippi siebenundfünfzig Mississippi achtundfünfzig Mississippi neunundfünfzig Mississippi sechzig.

Wer von uns wird das Jahr 9999 erleben?

Ich habe Glück gehabt. Fast niemand ist mehr in der Lage, die Unsterblichen zu erkennen: in Fleisch und Blut, meine ich. Denn die Bedeutung, die man diesem Wort gibt, betrifft das, was Menschen in ihrem Leben vollbrachten, ihre politischen Handlungen oder ihre Heldentaten. Nun gut, sie sind unsterblich im Tod. Der Gefangene aber ist unsterblich im Leben, in Fleisch und Blut, sein Zustand liegt außerhalb des Lebens und darum auch außerhalb des Todes, soweit ich das beurteilen kann. Den Unterschied aber bewirkt die Zeit: Sogar die Vorhölle, die der Dichter sich ausmalte, wird am Tag des Jüngsten Gerichts zu Staub zerfallen. Nur der Gefangene wird Gefangener bleiben, also wird nur er übrig bleiben.

DAS KASTELL

»Die Einrichtung erinnert mich an ein griechisches Hotel.«

Er hatte recht, und bei mir war es auch die Aussicht – das aragonische Kastell erinnert mich an die Metéora-Klöster. Wegen der Farbe des Steins.

»Wie wohl man sich hier fühlen kann«, sagte er dann, während er das Badetuch auf der kleinen Terrasse aufhängte.

Er war so glücklich, dass er die Zigarette ausdrückte, um den Duft des Jasmins zu riechen. Wieder hatte er recht. Einfach recht. Auch ich fühlte mich wohl. Ich freute mich aufs Abendessen, dann würde ich ein leichtes Kleid aus dem Schrank holen und mir die Haare aufstecken; ich freute mich aufs Abendessen und rieb mir die Beine mit Feuchtigkeitscreme ein.

»Du hast Farbe bekommen«, sagte er.

Richtig: Ich würde das weiße Kleid anziehen, um allen zu zeigen, dass ich Farbe bekommen hatte. Ich spürte den Appetit, den man nur in den Ferien nach dem Schwimmen hat, und wusste schon worauf: frittierte Jungfische. Ich beobachtete, wie die Boote unter der Brücke hindurchfuhren, die Ischia Porto mit der befestigten Zitadelle verbindet. Präzise, geschickt, durch den einzigen leeren Bogen aus Stein, sie durchfuhren ihn wie der Faden das Nadelöhr.

»Ich rieche frittierte Calamari«, sagte er, und das bedeutete, dass er sich früher oder später anziehen würde, um zum Abendessen hinunterzugehen.

Ja, das war der Geruch nach frittierten Calamari, ich hatte es nicht gemerkt, er schon. Das hatte meinen Appetit gelenkt. Ich hörte ihn unter der Dusche pfeifen, er pfiff gut. Und die Melodie passte.

Aber warum musste ich dann daran denken, dass du erst vor einer Woche hier warst, mit deinem Mann, und dieselben Steine gesehen hattest, um dieselbe Zeit und vom selben Hotel aus? Warum stellte ich mir vor, wie du dieses Motorboot beobachtest, das sich präzise in den Brückenbogen einfädelt wie in ein Nadelöhr? Was hattest du in der Schublade zu suchen, aus der ich mein weißes Kleid nahm? Warum lachtest du im Spiegel über mich, als meine Haare aus den Spangen rutschten?

»Lucia hat angerufen«, schrie er mir hinter der Badezimmertür zu. »Sie wollte wissen, ob ihr Tipp gut war, ob wir das Zimmer mit Blick auf das Kastell bekommen haben, ob du zufrieden bist … Ich habe ja gesagt.«

Er hatte recht.

DAS LETZTE LEBEN

Ich sah das Universum und sah die
verborgenen Pläne des Universums.

Jorge Louis Borges, *Die Inschrift des Gottes*

Danach.

Der Feuerbestatter erhöhte die Temperatur, doch schon während er es tat, wusste er, dass zu geringe Hitze nicht das Problem war. Er tat es trotzdem, als hätte er einen Fehler gemacht, als könnte er ihn korrigieren, als wäre dies ein normaler Vorgang. Er rief seinen Kollegen zum Ofen, und dort blieben sie stehen, um zu schauen und sich zu beratschlagen. Sie sprachen leise, denn wenige Zentimeter entfernt, hinter einer Trennwand, warteten der Vater und die Mutter.

»Er brennt nicht, der Körper ist intakt.«

»Der Ofen arbeitet nicht.«

»Doch, er arbeitet.«

»Das Ventil zeigt es an; aber vielleicht drinnen nicht.«

»Wollen wir wetten? Er arbeitet, sage ich dir. Bei dieser Temperatur müsste er in vier Minuten verbrannt sein. Das Holz hat gebrannt. Das Zinkblech hat gebrannt. Der Körper nicht.«

Sie sahen sich an, versuchten so, ihr Staunen, dann das Entsetzen im Zaum zu halten, auch suchten sie nach Worten, um den Eltern mitzuteilen, dass sie diesen Körper nicht einäschern konnten.

Und während sie sich ansahen, verschwand Livias Körper, ohne zu brennen.

Die Feuerbestatter sammelten die Asche ein, die da war, schütteten sie in die Urne und händigten diese eilig den schweigenden Eltern aus.

Noch am selben Nachmittag kündigte einer der beiden seine Arbeit im Krematorium, um sich endlich auf sein Landgut in der Lombardei zurückzuziehen, das seine Schwiegereltern ihm vererbt hatten. Der andere ging beichten. Seit siebenundzwanzig Jahren, seit dem Tag seiner Erstkommunion hatte er das nicht mehr getan.

Davor.

Ich könnte euch diese Geschichte in zahllosen Sprachen erzählen oder zulassen, dass nur die Luft von ihr weiß und ihr Andenken bewahrt – sie den Grundelementen anvertrauen, die so allgegenwärtig sind, dass man sie vergisst. Dennoch werde ich die Sprache benutzen, die ich davor sprach. Denn diese Geschichte hat ein Davor, ein Während und ein Danach, und sie sind nicht in dieser Reihenfolge passiert.

Mama und ich wohnten in der Sanità, einem Viertel, wo man den Geist ganz einfach spüren kann. Geht man hinunter, um Holzofenbrot zu kaufen, in Richtung der Kirche Santa Maria della Sanità, gibt es immer einen Streifen Licht über den alten Gassen, der den Piperno-Stein und den Stuck der Palazzi durchdringt, die große, wie eine Geburtszange geformte Treppe hinabsteigt und, endlich unten auf der Straße, den Mofas ausweicht und sich zeigt. Blickt man dann nach oben, sehr hoch oben, sieht man, dass der Himmel blau ist, und die Spiritualität lässt sich nicht mehr leugnen. Sie ist also nicht transzendent, sie hat nicht nur mit dem blauen Himmel zu tun: Würden die Mofas nicht zwischen Füße grätschen, würden sie den Lahmen nicht den Weg versperren, würde das Brot nicht mit verbotenem Holz gebacken, hätte der Sohn von Signora Oreste sich nicht versehentlich mit der Pistole in die Leiste geschossen, dann hätte dieser Lichtstreifen nichts, worauf er sich legen könnte.

Die beiden Dinge gehören zusammen, es hat keinen Sinn, sie trennen zu wollen.

Das fand ich unbegreiflich an Mamas buddhistischem Gebet: dieses kollektive Sich-von-der-Welt-Entfernen. Bei uns zu Hause hat es den *Gohonzon* immer gegeben. Mama hat oft die Männer gewechselt, und ich habe oft meinen Platz in der Wohnung gewechselt, je nachdem, ob diese Männer gefährlich waren oder nicht – für sie, meine ich, denn mich hätte sie gegen jeden bis aufs Messer verteidigt – und ob sie mir sympathisch waren oder nicht. Also wechselte ich das Zimmer oder verzog mich auf den Hängeboden, und Mama wechselte den Mann oder verzog sich auf den Hängeboden. Doch der *Gohonzon* blieb immer an seinem Platz, beschützt von seinem vergoldeten *Butsudan* mit Türchen, die man öffnen konnte, ein kleines Haus im Haus, und mit einem kleinen Türschloss, das sich andersherum drehte.

Als man mir zum ersten Mal die Geschichte von Alice und dem Kaninchen erzählte – es war ein Gitarrist, der sie mir erzählte, einer, der Mama begleitete, wenn sie samstags und sonntags in Musiklokalen sang –, begriff ich, welche Bedeutung Türen für die Welt haben. Die Pforten des Paradieses, das Tor von Ali Baba und das siebentorige Theben, doch ich sah nur eine einzige Tür, und es machte mir Spaß, sie viele Male zu öffnen und zu schließen, wenn Mama nicht da war. Hinter diesen Türchen aber sah ich nur ein Stück Papier, sogar ziemlich grobes Papier, es war kein Pergament, es sah fast aus wie einer dieser Drucke, die man unten auf dem Duchesca-Markt bei den Chinesen kauft. Und darum konnte ich das nicht verstehen: Dass Mama und ihre Donnerstagsgruppe geradezu niederknieten vor diesem Blatt Papier und minuten-, viertelstunden-, stundenlang denselben Satz, immer denselben Satz, sagten, während sie auf eines dieser Zeichen starrten, die nichts bedeuteten. »Um sich von der Welt zu entfernen«, sagte einer, oder »Um der Welt eine Ordnung zu geben« oder »Um mit dem Rhythmus der Welt eins zu werden«. Mag sein. Wenn ich mit dem Rhythmus der Welt eins werden wollte, zog ich meine Turnschuhe an und ging mir Joints hinter der Akademie der Schönen Künste drehen. Ich saß vor ihrer großen Fensterfront, die mir verschlossen war, denn ich hatte das Gymnasium noch nicht beendet, die aber gebaut war, um all die Lichtstreifen hereinzulassen, die die Sonne ihr anbot, Licht auf den Gipsfiguren, den Wachsabdrücken, den Plastiken, Leinwänden, Modellen, Ölgemälden, Büchern, den Professoren dort unten im Saal in Form eines Amphitheaters und allen Studenten, die sich mit offenem Mund erzählen ließen, wie man den Menschen zergliedert und die Welt, in wie viele Teile und in welche Formen. Um sie dann wieder zusammenzusetzen.

Aber Mama und ich wohnten in der Sanità, mittendrin, weit hinter dem Mercato dei Vergini und dem Palazzo dello

Spagnuolo, darum konnte ich ihr wegen all dieser Spiritualität, die sie ins Haus brachte, wirklich keinen Vorwurf machen.

Wenn der Schreibwarenladen geschlossen hatte und ich für meine Temperafarben bis unter die Brücke und noch weiter gehen musste, so weit, dass man von da aus fast sehen konnte, wie die Straße kurz darauf unter dem Hügel von Capodimonte verschwand, wenn ich dort in die Ferne blickte, sah ich die Höhle des alten Fontanelle-Friedhofs. Genau diese Öffnung im Tuffstein, hoch wie ein Palazzo und eng wie ein Spalt, wie das Ohr des Dionysios, wie eine Möse. Dort drinnen lagen, ob ich nun dran dachte oder nicht, Jahrhunderte aus Schädeln aufgehäuft, einer über dem anderen, bis sie sich zu Säulen und Kapitellen, zu ganzen Kathedralen aus Schädeln türmten. Außerdem Schienbeine, alle fein säuberlich geordnet, so viele Millionen anonymer Schienbeine, dass sie, wäre die Tuffsteindecke über ihnen eingestürzt, die ganze Höhle gestützt hätten. Jetzt waren zwar Touristen da drin, aber früher waren es die Choleratoten und noch früher die Pestkranken. Und alle, die auf eigenen Füßen hineingegangen waren, hatten ihr Gebet und ein Gelübde dagelassen. Dazu ein Wachslicht oder ein Bildchen: ein geliebter Mensch, der auf diesen oder jenen Schädel projiziert wird, die Toten sind sowieso alle gleich, auch die Lebenden, wenn sie beten, in die Knie gehen und von der Zahl Drei Gebrauch machen und vom ganzen Körper, den Kopf gebeugt und die Hände gefaltet, und Rosenkränze herunterbeten, damit die Seelen im Fegefeuer ein paar Jahrhunderte weniger leiden, auf der Erde oder woanders.

Wenn also die ganze Donnerstagsgruppe, vor dem *Gohonzon* kniend, in unserem Wohnzimmer ihr Mantra anstimmte, wie konnte ich ihnen da etwas vorwerfen? Was hätte ich tun sollen? Ich blieb in meinem Zimmer, setzte mir Kopfhörer auf, hörte Nirvana und malte. Oder ich ging Hausaufgaben bei Eugenio machen, denn wenn wir mit der Übersetzung rechtzeitig fertig waren und seine Eltern vor dem Fernsehen einschliefen, konnten wir vögeln. Und schliefen dann auch ein.

Außerdem hatte Mama im Vergleich zu allen anderen Buddhisten etwas sehr Schönes: ihre Stimme.

Sie war achtzehn, fast so alt wie ich, als Papa sie zum ersten Mal sah. Sie sang auf einer Hochzeit, begleitet von einem Gitarristen. Papa grübelte während des ganzen Essens darüber, ob die beiden nur in der Kunst oder auch im Leben ein Paar waren. Dann beschloss er, sie direkt zu fragen, und so ist es dann eben gekommen. Schon zwei Monate später war ich unterwegs. Dann fuhr er immer öfter weg, denn er war ein bedeutender Künstler, einer, der überallhin gerufen wird; kurzum, so wie es angefangen hatte, ging es zu Ende, aber mittlerweile gab es mich zwischen ihnen.

Und diese Sache mit der Stimme macht Mamas Gebet anders als das der Gruppe: Erstens kann sie stundenlang beten, sie atmet immer richtig und wird nie heiser. Außerdem ist ihr Gebet ein Gesang und bei den anderen nur Stimme. Oft bin ich dabei eingeschlafen, während ich zuhörte, wie das Vibrato ihrer Brust zu wer weiß was, wer weiß wem bebte.

Nam myoho renge kyo Nam myoho renge kyo Nam myoho renge kyo Nam myoho renge kyo.

Währenddessen.

Der *Gohonzon* war dann auch schon der dritte Gegenstand, der in Mailand ankam. Nach unseren Koffern und meiner Krankenakte. Sie steckte zusammengerollt in einer Röhre, wie meine schon vorbereiteten, noch unbemalten Leinwände. Wir mussten einen Platz für ihn und für uns finden, und anfangs schien das nur ein Ort, wo man neu anfangen musste. Doch nach und nach grub sich die Leukämie voran, und umso weniger Zeit blieb zum Malen und Beten. Man kam mit einer neuen Therapie oder einer neuen Hoffnung aus dem Krankenhaus zurück, man fuhr durch die unbekannte Stadt, grau und streng mit sauberen Alleen, die auf immer gleichen sechseckigen Plätzen zusammenliefen, sodass Mama und ich uns in der ersten Zeit oft verirrten. Vielleicht war es auch die Müdigkeit, vielleicht wollten wir uns verirren, um nicht immer dieselbe Strecke zu fahren, während wir auf Heilung warteten. Es war der Herbst nach meinem Abitur, also kam Papa zu uns und sprach mit den Ärzten, und sie sagten zu mir:

»Wir müssen es mit einer Knochenmarktransplantation versuchen.«

»Einverstanden«, sagte ich, »aber wir müssen es auch mit der Aufnahme in die Kunstakademie versuchen.«

Und so studierte ich die Testaufgaben für die Aufnahmeprüfung, und sie entfernten die weißen Blutkörperchen aus meinem Blut, alle, ob krank oder gesund. Hundertdreißig blieben mir. Ich nenne nicht irgendeine Zahl, es waren wirklich genau 130. Im Pantone-Farbsystem ist das ein schönes, warmes Orange.

»Hundertdreißig? Von Zehntausend?«, fragte mich die Mutter eines Kindes aus dem Nebenzimmer. Sie trug das Kind den ganzen Tag im Arm herum, mit der anderen Hand zog sie den Infusionsständer für die Chemotherapie hinter sich her.

»Und wie fühlst du dich?«

»Ich fühle nur ein starkes Jucken.«

»Was machen sie jetzt mit dir?«

»Knochenmarktransplantation.«

»Von einem deiner Geschwister?«

»Ich bin Einzelkind.«

»Von wem dann?«

»Das weiß man nicht, es bleibt anonym.«

»Und wie funktioniert so eine Transplantation?«

»Wenn sie funktioniert, meinst du?«

»Sie wird funktionieren.«

»Dann funktioniert sie so, dass dieses Knochenmark den Platz von meinem Knochenmark einnimmt, und alle neuen weißen Blutkörperchen, die dann wieder durch mein Blut fließen, werden aus denen entstehen.«

»Wahnsinn.«

»Ja.«

»Was macht deine Mama?«

»Daimoku, sie ist Buddhistin.«

»Glaubt sie an die Reinkarnation?«

»Vermutlich.«

»Und als was wird Buddha wiedergeboren?«

»Hm, keine Ahnung. Ich glaube, Buddha wird nicht wiedergeboren, weil er die Erleuchtung gehabt hat. Das ist das Ziel: Du gehst so lange von einem Körper in einen anderen Körper, bis du geheilt bist, dann ist Schluss.«

»Weiß man denn etwas über diese anderen Körper?«

»Nein.«

»Das ist wie die Knochenmarktransplantation.«

»Mehr oder weniger, wenn sie funktioniert.«

»Sie wird funktionieren.«

Als mein Vater endlich kam, habe ich ihn gebeten, die Tür zuzumachen.

»Ich will nicht mit den anderen sprechen, ich will nichts über mich erzählen, sie sollen mir keine Fragen stellen, und ich will nicht erklären müssen, was Mama mit diesem Kettchen in der Hand macht.«

»Schon gut, aber hast du diese Frau gesehen, Livia? Sie geht mit ihrem Kind im Arm herum ...«

»Sie tut mir nicht leid, Papa, sie ist mir egal.«

»Kann sie dir nicht mal Gesellschaft leisten?«

»Nein. Menschen, die sterben werden, sind allein. Wann kapierst du das endlich? Du kannst mich umarmen, aber hier drin, siehst du?, hier drin bin ich allein.«

»Du wirst nie allein sein«, sagte Mama, die gerade hereinkam. »Ich habe gesehen, dass im Palazzo Reale eine Ausstellung von van Gogh ist, die dauert bis Februar, nach der Transplantation gehen wir hin.«

»Versteht ihr nicht, dass es mir schlechtgeht?«

»Ja«, sagte Mama mit fester Stimme, »ich verstehe, dass es dir schlechtgeht, aber darf ich nicht darauf hoffen, dass es dir bessergehen wird?«

Da hatte ich keine Antworten mehr und fing an zu weinen.

Abends zu Hause war es seltsam zu sehen, dass Mama und Papa wieder zusammenlebten wie in der ersten Zeit. Er beruhigte Mama: »Sie ist nervös, weil sie mit Medikamenten vollgestopft ist.«

Auch das, aber ich war nervös, weil ich nicht sterben wollte, und ich wollte mit dem Fahrrad fahren, das mir die Stadt Mailand geliehen hatte. Bis nach Brera fahren und mich vor der Akademie auf eine der Stufen setzen und mir alles anschauen und Joints rauchen. Stattdessen verbrachte ich die Zeit damit, eine Stellung zu suchen, bei der ich keine Schmerzen hatte, einen Ort im Bett und im Körper, wo diese beiden Tumoreier, die in meiner Bauchspeicheldrüse gewachsen waren, mir erlaubten, aufrecht zu sitzen und Gesprächen zuzuhören wie früher.

Aber sie waren immer da, sie waren überall, und wenn ich Hunger hatte, musste ich ihretwegen kotzen, und für nichts hatte ich mehr Zeit, nur noch dafür, Schmerzen zu haben. Doch ich wusste, dass das Leben etwas anderes war, denn ich hatte ihn kennengelernt, diesen Zustand, den ihr Leben nennt.

Dann fing es eines Tages an zu schneien. Und auch das war der Geist, aber er war nicht deswegen wie das Licht bei uns zu Hause in der Sanità, weil er vom Himmel fiel, sondern weil er die Stadt verschmutzte, wenn er am Boden ankam, oder die Grünanlagen weiß färbte und die Flughäfen lahmlegte und die Menschen ausrutschen ließ. Denn hätte es den rassistischen Hausmeister nicht gegeben, der meine Mutter beschimpfte, wenn sie einen Fehler bei der Mülltrennung machte, hätte es den Mann in der Telefonzentrale des Krankenhauses nicht gegeben, der sich weigerte, uns mit dem Arzt zu verbinden, oder den Arzt, der sich weigerte, uns mehr Morphium zu geben, hätte es den ehemaligen Bahnhof Porta Vittoria nicht gegeben, mit seinen Baustellen, auf denen Zementsäulen in die Höhe wuchsen: Wo wäre all dieser weiße, saubere Schnee, mit Flocken wie Watte, die allen Lärm und Gestank der Stadt aufsaugten, sonst gefallen?

Die beiden Dinge gehörten zusammen, es hatte keinen Sinn, sie trennen zu wollen.

Und mit dem Schnee draußen und den Neonleuchten drinnen lag ich im Raum für die Chemotherapie. An diesem Morgen hatte Papa mich gebracht, bei dem ich mich mittlerweile für gar nichts mehr schämte, denn wenn jemand dich leiden sieht, ist es, als hätte er dich splitternackt barfuß durch diesen Schnee gehen sehen. Und diese Vorstellung war unerträglich für meinen Papa, so unerträglich, dass wir an dem Morgen sogar ein bisschen glücklich waren, ich lag in einem sauberen Bettchen, er saß mit seiner Zeitung neben mir, die Lampen konnte man herunterdrehen oder ausmachen, und draußen die Krankenschwestern, die immerzu lächelten, immerzu. Wer weiß, welcher Geist auch in ihnen wohnte, damit sie uns immerzu anlächelten, während sie uns auf der Reise begleiteten. Die Krankenschwester, die mir das Antiemetikum gab, lächelte, die Krankenschwester, die mir das Morphium gab, lächelte, und schließlich lächelte die Krankenschwester, die mir die Infusion mit der Chemotherapie legte.

Ich drehte mich auf die Seite, die weniger schmerzte, bat darum, die Tür zuzumachen, denn dort draußen waren mir alle egal, und beobachtete die Tropfen, die aus der Flasche auf den Arm zuflossen. Einer, einer, einer, einer, einer, einer, einer, einer. Und es geschah. Dass die Tropfen der Chemo zu denen des Meeres wurden und ich sie alle zusammen, aber jeden für sich sehen konnte, und dann wieder jeden einzelnen und im selben Moment, wie er alle Meere der Erde bildete. Ich sah die Tiefe dieses Meeres und seine Ausdehnung, als wäre in der

Infusionsflasche ein Hologramm oder eine Weltkarte, doch dann hüllte diese Weltkarte mich ein, und ich sah den Mittelpunkt der Erde, der heiß wie Feuer glühte, ich sah das Feuer mit seinen Flammenzungen, doch mehr noch und deutlicher mit seinen Molekülen aus Energie, die wild gegeneinanderstießen. Ich war im Feuer und blieb im Feuer, doch das Feuer verbrannte mich nicht, weil ich ihm wesensgleich war, so wie ich auch um mich herum und gleichzeitig das Gestein der Welt spürte, das mich erdrückte, ohne mich zu zerquetschen, es war sogar schön und wurde vom Magma zu Gebirgen und auf ihren Gipfeln zu Eis. Ich sah und ich war die Berge und das Eis, und das Eis war aus den Tropfen meiner Infusion gemacht, sodass auch mein Blut und das Eis dieselbe Materie waren, und meine Adern waren in dem Moment die Flüsse, die die Felder im Tal unterhalb der Gletscher bewässerten und sich in den Seen sammelten und sich dann, wenn sie zum Meer zurückkehrten, am Tag und in der Nacht auf der Oberfläche des Meeres spiegelten. Und in der Nacht gab es die Sterne, ich kannte den Namen jedes einzelnen, wie ich auch alle Sprachen der Welt kannte, und sie waren in einer einzigen Silbe enthalten, diese Silbe lautete: Ich. Doch *Ich* bedeutete nicht nur ich, mich, ich selbst. Es bedeutete alles, *Ich* war der Schlüssel, der jede Tür geöffnet hatte. Durch diese Türen sah ich die Leukämie: Jeder Lymphoblast war lebendig und kämpfte, um zu leben, und vervielfältigte sich, um zu überleben, genau wie alle Lebewesen in den Meeren, auf der Erde und in der Luft. Doch das geschah nicht nur an einer Stelle, jener, die ihr Welt nennt – es geschah auf die gleiche oder auf unterschiedliche Weise an vielen Punkten jenseits der Planetensysteme, die dem Sonnensystem gleichen oder sich von ihm unterscheiden. Und als all das im selben Moment geschah, besaß ich es, und war es. Darum verspürte ich keine Notwendigkeit mehr, es bei mir zu behalten, und ließ es los. So ließ ich auch mich selbst los, die Frau in diesem Bettchen, und von da an bedeutete sie mir nichts mehr. Oder besser: Sie bedeutete mir etwas, doch mit dem Erbarmen unendlicher Ferne.

»Wir sind fertig«, sagte der Vater-Mann und rief die Krankenschwester-Frau. Und weil ich mich in jenen Tagen noch der Erscheinung überließ, in der ich allen vertraut war, erkannte ich seine Sprache wieder und antwortete: »Ja, Papa.«

Danach (oder davor oder während – bei der Zeit wird eure Sprache lückenhaft, ich werde sagen: ein paar Tage später), ein paar Tage später hörte ich die Frau, meine Mutter, hinter der Badezimmertür weinen. Doch immer wenn das geschah, wusch sie sich das Gesicht, bis sie lächelnd aus dem Bad kam und es ein allergischer Anfall gewesen sein konnte. Sie selbst war ein Zufall, ein winziges Ereignis hinter der Tür eines Badezimmers, zu ihren Tränen aber, die jedem Wesen, das gelebt hat, das lebt und leben wird, aufgrund der Moleküle so ähnlich sind, zu diesen Tropfen (ich werde sagen: *empfand ich Zuneigung*) empfand ich Zuneigung wie zu jedem anderen Ding.

Um zu allen Zuneigung empfinden zu können, empfand ich zu allen weniger oder unendlich viel Zuneigung, was dasselbe ist, denn Mengen sind illusionär. Es gibt stattdessen nur einen einzigen Moment, und er ist die Vollkommenheit eines Punktes und der Blitz der Energie. In diesem Moment, an diesem Punkt spürte ich, dass diese Frau getröstet werden musste, und dass es nur eine andere Frau tun konnte, und diese beiden Frauen waren meine Mutter und ich. Ich sagte zu ihr:

»Hör mal, Mama, du hast recht, wenn du sagst, du darfst hoffen, dass es mir bessergeht. Wozu nehmen wir sonst diese ganze Chemotherapie und diese Nadeln und die Übelkeit auf uns? Natürlich ist das hier jetzt unser Leben, und was uns passiert, ist menschlich, und wie alle Menschen wissen wir nicht, wie es enden wird, oder?«

Sie sah mich an.

»Aber hör zu, was ich dir sage: Ich weiß nicht, wie und wann mein Leben, dieses Leben, enden wird. Ich weiß nur, dass es das letzte ist, verstehst du? Es ist mein letztes Leben. Denk daran, wenn der Moment kommt, und sei nicht traurig, denn das ist die Wahrheit.«

RÜCKGABE

Die Erzählung »Behave«, die im *Corriere della Sera* erschien, war meinem Sohn gewidmet – sie ist es immer noch.

»Respekt vor dem, der es weiß« erschien 2007 bei Dante & Descartes, denen ich die Geschichte hier unter einem anderen Titel zurückgebe.

»99/99/9999« entstand aus einem Passus von Carmelo Musumeci, den er im Gefängnis in Padua schrieb: »*Wie viele Jahre hast du noch bis zum Ende der Haft?« Ich habe ihm geantwortet, dass wir Lebenslänglichen niemals weniger, sondern immer mehr Jahre haben.*«

»Das Kastell« war und ist eine Hommage an den Verlag Playground.

»Das letzte Leben« habe ich mir schon vor Jahren ausgedacht, als ich meine Frau kennengelernt habe. Doch wäre mir nicht ein gesunder Überträger des Buddhismus begegnet, hätte ich die Erzählung nie geschrieben. Beiden ist sie gewidmet.

Paola Gallo und ich haben dieses Buch in Dorsoduro, unter einem Bild der Großtante von Pia Masiero, lektoriert. Allen dreien danke ich. Apropos: Möge dieses Buch zu Nicola Lagioia gelangen wie eine Venusmuschel aus Pellestrina.

INHALT

Liebe wird überschätzt   7

Der Tag nach dem Fest   29

Die Ausgesetzten   55

Behave   77

Respekt vor dem, der es weiß   109

99/99/9999   115

Das Kastell   125

Das letzte Leben   127

Rückgabe   141